# 美しい人々

人間の美しさを追う

竹井夙

文芸社

# まえがき　～人間が神をも超える、瞬間がある～

「美しい人々が好きだ」と主張し続けて、死ぬほどの誤解を受けてきた。容貌差別主義者ではないかとか、なんだとか。そうではなくて、私は人間の美しさが好きなのである。人間は美しい、という意味ではない。私も含めて人はきれいなばかりのものではない。違う、人間は本当に素晴らしい、と本心から言える幸せな人がいるなら、一度、足もとをじっくりと見てみてほしい。

そこには、何も悪いことをしていないのに、どう努力しても地獄から抜けだせない、かつ誰からも蔑まれる、不運な人々がひしめきあっているはずだ。幸運な人々は、結果的にその人たちを踏みつけにして生きているのである。

運に恵まれすぎた人が、その人たちの誰かと立場を取り替えてみたらどうなるだろう。きっと一日で考えが変わるはずだ。

また、その不運な人たちも、誰かを身代わりにして地獄に引きずり下ろせば、自分は浮かび上がれるのだ、と虎視眈々《こしたんたん》と周りをうかがっている。

しかし、そんな人間が、なぜか美しく見えて仕方がない瞬間がある。それは無論、生まれ持った容姿だけに関することではないのだ。

ものごし、表情、言動、内面、そしてその変化もしくは成長、その人が持っている素晴らしい能力、成しとげた素晴らしいことなど、一度では書ききれないほど多岐にわたるものであって、私はそれらを見つけるのを何よりの喜びとしてきた。

つまり、さまざまな種類の人の美を探し、感動することは、私にとっては自分自身を含む、生身の人間に希望を見いだすことなのである。

泥にまみれて生きる人間が、神をも超える、瞬間がある。

あの人は今、美しいと心から思える時、私は本当に幸せを感じる。

できればそれらを描写して、少しでも多くの方々に伝えたいと考えて書いたのがこの本だ。

読者の皆様に、私が味わったつかの間の、しかし本物の至福を少しずつでも差し上げることができれば、大変光栄に思う。

# 目次

# 三十三間堂　三千五十六の千手観音群

## 初めて見る種の美しい人々

京都で、これまで私が知らなかった種の、非常に美しい人々を見た。

一月に着物の用事があった。連日、着物で過ごすことができて嬉しかったものの、こういう街では見る目が厳しい人もいるであろうから、着つけの時にはいちいち緊張した。

私が今持っている着物は、すべて二十歳の時の寸法で仕立てたものである。

当時の私は、少年もしくは実際の年齢より幼い少女に間違われるくらい、ひどくやせていた。その後、年を重ねて人並みの体になった。

ガリガリにやせているより、今のほうが女性らしくていいじゃない、と言ってくれる人もいるけれど、私は今の自分の体型が正直言ってあまり好きではない。あの頃ほどでなくていいから、もっと華奢になりたいといつも思う。

直接的な言い方になってしまうが、胸も大きくなった。二十歳の時の寸法の着物だと、注意して着つけなければ、大事な衿《えり》元が開いてきやすいのである。

衿元がゆるんでいたら、うるさい人にチクリとやられかねない。しかし、胸元をぎゅうぎゅう紐などで締めたら、見た目はきれいかもしれないが、その下の内臓が圧迫されて苦しくなる。

最近、いろいろな先生の着つけの指南書を読み、研究・練習し、胸のすぐ下、つまり胃の上あたりをきつく締めても、紐などを締める瞬間に、息をどのくらい吸うかだとか、紐を結ぶ方向を工夫し、統一するだとかすることで、苦しくなく着られるようになった。

その日も、まあなんとかなった。時計を見ながら冷汗をぬぐい、外へ出た。

数日間ご一緒した仲間と別れたあと、調べたところよい展覧会がたくさんやっている。金銭的にきつかったが、京都の滞在をもう一日延ばし、その日は一人でぶらぶらすることにした。

菊池契月《けいげつ》の生誕百三十年を記念する展覧会を見た。京都画壇の有力者だった日本画家である。『深窓』という作品に一番感動した。

詳しい解説はなく、制作年不詳とある。おそらく、題名からしても高貴な麗人を描いたものなのであろう。腰かけた、一人の端正な身なりの美女がこちらを向いている。

少し首をかしげているものの、姿勢は崩れていない。目つきというか、表情が独特だ。何もかもを持っているはずなのに、自由だけは絶対に与えられない女性特有の、嫣然《えんぜん》とした、しかし、実はこちらをなじっているような微笑み。私にはそう見えた。

あくまで個人的な感想だが、ともかく私はその絵の前に長い間たたずみ、そしてなんだか、ゾッとしたのであった。

こういうものを普段から見られるなんて京都の人は恵まれている、と思った。そして同時に、はやく家に帰りたいという気もした。

次に京都国立博物館へ行った。途中、京都駅烏丸口に出ると、振り袖、袴《はかま》姿の若い女の子が大勢いることに気がついた。二十歳ぐらいだろう。それもばらばらといるのではなく、グループで固まっていて、そばには同じぐらいの年齢の男の子たちがいる。責めるつもりはないのだが、そのうちの一人は、振り袖の、振りの部分から長襦袢《じゅばん》が勢いよくとび出ていて、塩水につけた貝が長く舌を出しているようだった。うるさい人が見たら喜んで直しに走ってきそうである。

しかし、何があったのだろう。卒業式の時期でもない。袴を穿《は》いているからには、おそらく成人式でもないはずだ。また、成人の日はこの前の月曜日だった。

タクシーの運転手に「あれはなんですか」と尋ねた。初老の地元の人らしい運転手は、「三十三間堂の『通し矢』ですわ」と、こともなげに答えた。

「えっ、そうなんですか？」

運転手の口調とは反対に、私は予期せぬ幸運にほとんど慌てふためいていた。

## 通し矢

三十三間堂の正式名は蓮華王院で、その本堂が三十三間堂と通称されている。長寛二（一一六四）年、後白河上皇が平清盛に勅命し、創建した。その後、一度焼けたが、文永三（一二六六）年に再建された。

三十三間堂を知らない人はほとんどいないだろう。長いお堂の中に、ひたすらに千手観音像が並ぶ光景は、おそらく誰もがどこかで見たことがあるはずだ。

その数は、坐像が一体、等身大の立像が千体で、計千一体である。

それを収めるお堂の大きさは、奥行き二十二メートル、南北、つまり「長さ」は百二十メートルだ。

古建築では日本一長いともいう長大な三十三間堂であるから、その軒下も当然長い。

その「日本一」長い、長い軒下を使って、かつて通し矢という行事が行われていた。軒下の縁の端に座り、反対側の端までの、実に百二十メートルの距離を弓で射通し、その矢数を競ったのである。

私はその通し矢が行われていた軒下を後日あらためて写真で見たが、縁は細く、見事なぐらい長く、反対側が小さすぎてそれだと分からないぐらいである。軒もそんなに高いようには見えない。軒、壁、縁に三方を囲まれた狭くて遠い中を、この条件で射通すことを最初に考えた人は誰だったのだろう。

その始まりは伝説的で不明だが、桃山時代にはすでに行われていたと伝えられている。さらに江戸時代、ことに町衆に人気を博したのは「大矢数《おおやかず》」で、夕刻に始めて翌日の同刻まで、一昼夜に何本通るかを競うものだった。

最高記録は、紀州徳川家の家臣、和佐大八郎が貞享三（一六八六）年に出したもので、総矢一万三千五十三本、通し矢八千百三十三本だ。彼は十八歳だったそうである。単純に計算すれば平均六・六秒に一射ということになる――という記述を読んだ。凄いが、心配である。嫌だけれど出ざるをえなかった人もいたはずだ。私だったら出たくない。

三十三間堂の通し矢は明治時代まで続いた。現在、それにちなんで、毎年一月に、お堂の西庭の特設射場で、大的《おおまと》全国大会という弓道大会が行われている。

それが一般的に「通し矢」と呼ばれているのである。便宜上、ここでも「通し矢」と書くことにする。

当日、私がもらったプログラムによると、参加者は、新成人男女の、全日本弓道連盟会員で初段以上の者、および称号者とある。

分かりやすくいえば、この日、三十三間堂の「通し矢」には、今年新しく成人になった男女が全国から参加していたわけである。

私が二十歳だったのは結構前のことである。あの子たちは今がそうなのだ。

「通し矢」は、以前は成人の日に行われていたらしい。現在は毎年変わるそうだ（注・作中の情報はすべて平成二十二年一月のものです）。

だが、これらはすべてあとから調べたことで、この時の私は、三十三間堂で「通し矢」という行事があること、振り袖、袴姿の若い女性射手が人気なことは知っていたものの、他は何も知らなかった。

あの子たちは大きな、見慣れないものを持っていたが、あれは弓だったのか。カバーのようなものがかかっていたから分からなかった。

私はタクシーの運転手に言った。

「偶然です。今日なんですね」

「これから行かはるとこの、すぐそばやけどォ。今日は確か、拝観料もタダなはずやよ」

「でも、『通し矢』はまだやってますか？」

もう昼だ。終わっているかもしれない。

すると、運転手は何ごとかを言ったが、私には言葉そのものは聞き取れたものの、はっきりとした意味が分からなかった。ただ、「私は知らないから、悪いけれどこれ以上、訊かないでくれ」と、遠まわしに言われているような気がした。

これが例の、京都人独特のものの言い方なのか。ためしに「じゃあ、三十三間堂の人に訊きます」と言うと、「そうしてください」と彼は答えた。

車を降りる際、少し多めにお金を渡した。

「そんな、ええんですか」

「せっかく教えてくださったので。それに、今日は拝観料が無料なんでしょう」

大きな額ではなかったのに運転手は驚いたようで、「えらいすんませんな」と言った。

それからは一目散だった。三十三間堂は境内に入る前からごった返していた。行き交う関係者、参拝者、見物客。振り袖、袴姿の若い女性はあきらかに「通し矢」の参加者だ。彼女たちは代わるがわる門前に立ち、満面の笑顔で記念撮影をしていた。

中に入ったが、前述したように、この時の私には何も分からなかった。プログラムをも

らったが、よく分からない。優しそうな人を探し、すがるように尋ねると、

「お堂の中をぐるうっと行って、外にお庭があるから、そこへ行ってください」

ご丁寧にどうも、とまた走る。しかし、お堂の中はもっと凄いことになっていた。

千一体の観音像の前の廊下は、観音像群から一番遠い端を歩いても、すり足のようにしか進まない。非常にもどかしい。

『この観音像の中には、必ず自分に似た人がいます』

千一体のご尊顔はほとんど見えないが、ふと思い出した。私が三十三間堂に初めて来たのは小学校の修学旅行である。そしてこう説明された。

「この観音像の中には、必ず自分に似た人がいます」

残念ながら私に似た観音像は見つからなかった。その後もう一度来たが分からなかった。

しかし今回、三十三間堂のホームページで調べたところ、『自分に似た人』ではなく、「必ず会いたい人に似た像があるとも伝えられています」とある。

諸説あるのか、私が聞いた説明が微妙に間違っていたのかは分からない。ただこの時は昔聞いた説明を信じていたので、それらを垣間見ながら、私に似た観音様はいらっしゃるだろうか、と探した。だがやはり分からない。

そこを抜けると、お坊様が並んだ人々に何かをしている。お坊様のお顔はほれぼれするぐらい立派だった。

三十三間堂　三千五十六の千手観音群

それが実は、ここの最重の行事だったのである。楊枝《やなぎ》のお加持《かじ》という。だが行列である。残念ながら私は退散した。やっと急ぎ足になれた。

屋外へ出た。晴れた空の下、澄んだ冷気が心地よい。

庭には振り袖、袴の若い女性の他に、ベテランらしい弓道の道具を持った袴姿の男性、女性がたくさんいた。観賞者より参加者のほうが多いように見える。新成人の女性射手達が有名であるけれど、新成人の男性もいる。

あとで知ったが、この年の新成人男子の参加者数は九百四十八名、同女子は九百六名だ。男性のほうが多い。約千名である。女性の数もそうなのだから、堂内の千一体の観音様もびっくりである。

今日の主役といってもいい人々だろうが、数が多いし、観賞者と交じり、舞台のそばで役者と客が一緒にいるのを見るような気分だ。

まず驚いたのが、若い男性でも、紋付の羽織を着ている人が少なくなかったことだ。

私は十一年前に着つけの資格を取っていて、着物に関するイベントにも、片隅でひっそりとではあるが参加させていただいたことがある。だが、結婚式の新郎と芸能関係の人を除けば、若い男性で袴に紋付を着ていた人は、それまで一人しか見たことがなかった。

まだ着物が好きでなかった頃、学生時代に上京して目白に住んでいたので、学習院大学の卒業式の日に、礼装の袴姿の男性を初めて見た。私の大学の卒業式では、女性はともかく男性で袴を穿いている人はいなかったのだ。

学習院には若い男性でもこういう人がいるのか、と感心した記憶があるが、ここには、袴に紋付の人がざらにいて、しかも全員が弓道をやっている。

こういう人たちが千人近くも集まるなんて、京都は、やはりこういうところは凄いな、と素朴に感動した。

ここだろう。しかし幕の向こうで時折、おお、と声があがるものの、何も見えない。

仕方なく、優しそうな袴姿の中年女性に、どこへ行けば見られるものなんですか、と訊くと、「いつもあそこで皆見てはるけど」と言う。

そこには細長い観賞用のスペースがあり、びっしりと人が立ち並んでいるのはまさに人垣であった。私はなんとか首をつっこんだ。

## 弓を引く人はなぜこんなに美しいのか

　そして私は初めて、生で、人が弓を引くのを見たのだ。弓を見るのも初めてだった。この射距離は六十メートルだ。かつての通し矢の約半分になるが、実際に見ると、的が思ったよりずっと遠いことにまた驚く。矢を目で追うと、首を約百八十度ほどおもいっきり横に振ることになるが、集中してすばやく振らないと、的を射るところが見られない。弓があれば、一人の人間の力であんなに遠くまで矢を飛ばせるものなのか。しかもその行く先を操るなんて。

　ちょうど成人女子の部であった。例の振り袖、袴姿の女性達が弓を引くのである。ある程度の人数のグループが静かに入場し、横に並び、弓を引き、退場するのを繰り返す。それを見た感想は、簡素かつ今後の私にとってはおそらく絶対のもので、弓を引く人は実に美しい、ということだった。

　弓は細く、長く、さらには、しなやかそうである。少なくとも長いのは本当で、二メートル強だそうだ。ちなみに、日本の弓は世界の弓の中でも最も長い部類に属する。また、世界で一番美しいとも言われている。

自分の身長より長い弓を、女性も軽々と操る。

彼女たちは素晴らしい姿勢で立ち、矢をつがえ、一心に的を見つめる。

こう書くと、的を見るその目が攻撃的、あるいは獰猛だったと想像する読者がいるかもしれない。私もそう思っていた。

実際は、その目はあくまで冷静沈着かつ真摯で、感動的なまでに潔く、本当に美しかった。

弓を引く際は、平常心が大切なのだそうだ。驕《おご》り、あるいは不安、邪心があってはならないし、あると不思議にあたらないのだと聞いたことがあったが、その意味があの目を見て少し分かったように思う。

他の多くの武術やスポーツは相手を必要とする。気迫が勝負を左右することもあるだろう。また、例えばある種の球技などでは、相手のプレーを邪魔することや、フェイントで欺くことが技術として確立されている。

これに対して、弓術の試合では、直接相手に対することはない。あたる、あたらないに第三者の介入する余地はない。

失敗したら誰が悪いのでもなく、自分が悪いのである。相手は自分自身である。自分との闘いの結果が公平に出るのが弓道のよさだといえるそうだ。

私はダーツをやったことがある。最初、たまたまあたって褒められ、調子に乗ったら、まったくあたらなくなった。絶対にあててやる、と投げたら、その矢は的どころか壁にあたって大きくはねかえり、後ろにいた初対面の人のところに飛んだ。

考えてみれば、絶対にこの矢を的にあててやる、というのは欲である。あてて称賛されたいというのも欲である。自分はうまい、と思って弓を引くなら、それは驕りである。あたらなかったらどうしよう、と思うのは、こういう言い方はしたくないが、弱さである。

また、人垣の中に入った際、弓を引く人の姿に感動したのと同時に、矢が的にあたった時、なんともいえないよい音がすると感じた。

私は音が嫌いだ。静寂のほうが好きなのに、この音だけはいつまでも聞いていたかった。

ひょっとしたら、あれは、弓を引く人が、自分の邪心や弱さをうち破ることができた時に生じる音なのかもしれない。

俳優や女優が演技として弓を引いても、こういう顔をするのは難しいのではないか。弓を引くのではなく、自分をいかに魅力的に見せるか、あるいは見る人を感動させるかのほうが大切なのではという気がする。

それはそれで別の美しさがあるだろう。だがこの時、「通し矢」にいどむ人たちの目を見て、今までに見たのとは違う種類の美しさを、私は知ったのである。

しかし、それでも人数が多い。それに寒い。うまい人たちが集まっているのだろうが、私には微妙な違いが分からないし、三十三間堂に入ってからすでに数時間が経っていた。立ちっぱなしだったせいもあり、正直疲れてきた。

すると、成人女子の部はもうすぐ終わるという。もしかしたら、次は男子だろうか。男性が弓を引く姿は女性とどう違うのであろうか。

今度いつ「通し矢」に来られるかは分からない。もしそうなら最初だけでも見ておこうと思った。私はまた優しそうな人を探した。

## 京都は本当に美しいけれど、時々ちょっと怖い

そして、袴姿の中年の男女を見つけた。今思えばこの人たちは称号者だったのである。「男の人は、このあとにやるんですか?」

丁寧に訊いたつもりだったが、意外な反応がきた。

まず女性のほうが凄い剣幕で、「はあーぁッ?」と言った。続いて男性がこちらも見ずに、「男も女もないんですよ。勝負ごとやよってに」と言う。その後、私は完全に無視された。お前のような人間は話しかけてくるな、というオーラが出ていて、とても怖かった。

それにしても冷たいではないか。どう訊けばよかったのだ。そこを離れ、警備員に訊くと「あの人たちに」と言う。弓道の関係者なのだろう。そのうちの一人が出てきた。ニコニコした感じのよい男の子である。

私は男の人の年齢が分からない。だが、社会人には見えないし、肌がまだつるりとしているところを見ると、高校生か、せいぜい大学生だろう。

「成人の部は、もう終わりました」

成人男子、成人女子の部はともに終わった、という意味だったわけだけれど、その時は分からなかったので、重ねてこう尋ねた。

「私は男の人が弓を引くのを見たことがありません。女の人のあとにやるものですか？」

話がかみあっていない。相手は困った様子だ。ただ、気さくそうな人なので、ついでに、「さっき、分からないからそう訊いただけなのに、年配の人に説教をされた」と訴えた。

私はこの少年が同情してくれるものだと期待していたが、彼は笑顔でこう言った。

「成人男子の部は、もう終わったんですよ。次は称号者ですから、男性も出るけど、年配の方ばかりになりますね」

彼の態度は一貫してほがらかで、爽やかだったが、なんだか含みのある言葉だ。また、このアクセントは完全に関西人である。

それに、たぶん京都人だろう。先ほどの人たちも。

これはどういう意味だろう。『怒られたのはあなたが悪いんですよ』あるいは、『残念ですが僕はあなたの味方はできません』ということか。前者であるような気がする。カルチャーショックを受けた。

京都に行くたびに、こんなに美しく、厳しい街を心から愛せる人の人生はどういうものだろうと思う。私は彼らを尊敬するが、彼らにはなれない。この街を愛してしまうと、自分の長所が破壊される気がする。

ここでは彼らが正しいのだ。それにきっと、彼らなりの言い分があるのだろう。ただ私は、振り袖から長襦袢をとび出させている女の子を見ても、今度からは、できる限り、本心から、着物を着てくれてありがとうと思うことにしようと決めた。

いずれにせよ、質問には答えてくれたので、少年に礼を言って去った。

## 今の私が知っていたこと

ふりかえると、若い、あまたの男女がいた。

若くて運動ができることは、今のあの人たちにとっては、あたりまえのことなのだ。

私は昔、聞いたあの言葉を思い出した。

『この観音像の中には、必ず自分に似た人がいます』

私は思わずあの人たちの中に、私に似た人はいないだろうか、と探した。

なんて素晴らしいんだろう。今日のあの人たちには、見えないけれど、実は千の手があるのだ。

称号者が弓を引く姿を見て、私はまた、なんて素晴らしいんだろうと思った。一つのことを続け、秀で、その能力を発揮できる今日のあの人たちには、実は千の手があるのだ。

この「通し矢」に参加した称号者の数は二百名だ。つまりあの日、三十三間堂には、堂内の千一体の像を含めて、少なくとも三千五十六の千手観音がいたことになる。

本当は三千五十五だが、余分な「一人」は、あの日の私だ。

私には青春時代を関西で過ごしたいという夢があったが、それはとうとう叶わなかった。しかし、叶った夢もある。これまで私はいろいろな挫折をし、乗り越えたこともあれば、乗り越えられなかったこともあった。

そしてこの日、「通し矢」に参加した若者たちを見て、彼らがまだ持っている選択肢のいくつかを私は永遠に失っていたことと、同時に今の私ができるだけ後悔せずに生きる術を実は知っていたことに気がついたのである。

それは、最善をつくすということである。結果が望んだものでなくても、自分が最善をつくした時は不思議にそれほど後悔しない。周囲の雑音や邪念もそれほど気にならない。そうでなかった時は自分で分かる。そういう意味では人生においても本当の敵は自分自身だ。

あの頃の私がそれを知りえなかったのがかわいそうで、声を殺して少しだけ泣いた。

私は若かった時より、今の自分のほうが少し好きである。こういう人間もいるが、世間ではなかなか認めてくれないことを思い出して、もう少し泣いた。そして明日からまた最善をつくして生きようと思った。

## アブ・シンベル　闇と暁の間で

### 念願の旅で見た予想外のもの

偉大なる人物が、数千年の時を超えて蘇る場所にいたことがある。アブ・シンベル神殿の闇の中で暁を待った日に、少なくともそう思った。

ある年の冬のことだ。私と母はエジプトに旅立った。念願の旅であった。

母はアガサ・クリスティーのファンだ。イギリスの作家だが、作品の舞台としてエジプトがよく出てくる。

当時は、外国どころか旅行にすらほとんど行ったことがなかった。私が子供の頃から、いつかエジプトとイギリスには一緒に行きたいというのが私たちの夢であった。

家業の女将的役割を担っている立場上、母が遠方への旅行に行くのは少し難しかったが、なんとか八日間の休みがもらえた。

私が物心ついてから、実に三十年以上の月日が経っていた。

この旅は、思わぬイベントつきであった。アブ・シンベル神殿の特別な日だったのだ。アブ・シンベル神殿は、ファラオの中のファラオと称えられたラムセス二世が建設したものである。詳しくは後述するが、ユネスコの援助によりダム水没の危機を免れたこの神殿は世界遺産だ。

その大神殿の一番奥に、至聖所というところがある。これもまた後述するけれど、そこは、神格化されたラムセス二世を含め神々の像がまつられている場所なのだそうだ。

そして年に二回のみ、大神殿の奥のここまで朝日がさし込んできて、神々の像を照らす日があるというのである。その日をメインにしたツアーがいくつもあることが分かり、悩んだ末に某社のツアーを選んだ。

しかし、遠方の旅行に慣れていない私たちにとって、この旅の日程はなかなかきついものだった。

このツアーの添乗員やガイドは素晴らしく親切で、優秀な方々だったが、空港で添乗員からもらった注意書きの紙を見て、私はゾッとした。

エジプトは遠い。その時は事情もあって飛行機の中に十六時間いた。飛行機に持ちこんだ雑誌をじっくり読み終わってもまだ北京上空、無理やり寝た。起きたらゴビ砂漠を越えたあたりで、あと十時間だった。

やっと、深夜のカイロに着いた。ホテルは素晴らしい。しかし、翌日の集合時間を聞いてびっくり。眠れるのはせいぜい四時間だ。

あとで知ったが、エジプトは初めてという客がほとんどで、それでいて明後日に夜明けのアブ・シンベル神殿を見るというイベントがあるために、前半は日程がおしていたのだ。

自分たちの選択とはいえ、憧れのエジプトにやっと来て、素晴らしいホテルで今夜は四時間寝るだけだ。それでも、添乗員から渡されたこのホテルの注意書きには、ドライヤーの置き場所まで書いてあった。

そして翌日、ギザの三大ピラミッドの前で記念撮影。当時、制限があったクフ王のピラミッド内部を見学し、太陽の船博物館とスフィンクスを見て、素敵なレストランへ。その後、買いものをした。

楽しかった半面、途中で意識がなくなる。今日はゆっくり眠れると思ったら、

「申しわけないのですが、明日のモーニングコールは午前一時になります」

と言われた。

ホテルに帰ってから急いで明日の手荷物の用意をし、シャワーを浴び、トランクの中身の整理をした。母は、健気にもいちいちトランクの中身をぶちまけ、荷作りをやり直す。夕食の時間だ。レストランが開く時間ぴったりにツアーのお仲間がほぼ全員来ていて、食事を十五分で済ませて帰った。

眠れたのは三時間ぐらいだった。

午前一時に私は外を見た。目の前にあるオフィス街らしいビルの中に、いつ見ても明かりがほとんどついていないのはなぜだろう。

きっと、あのビルの中で働く人々が帰ったあとに私たちがこのホテルに到着して、寝て、彼らが出勤する前に私たちが起きて、ホテルを出て観光し、さらには彼らが帰ったあとに私たちがホテルに戻って寝て、起きて、これから観光するからだろう。

その日は飛行機でアスワンにむかった。砂漠で日の出を見る。アスワンハイダム、ナセル湖、切りかけのオベリスクを見学した。

バスに戻ると、飛行機の時間までまだ余裕があるので、オプショナルツアーとしてファルーカに乗るのはどうかという。アスワン名物の帆かけ船でナイル川のクルーズである。

「お疲れの方は近くのホテルのロビーでおやすみください。参加したい方は？」

ガイドがたずねると、全員が手をあげた。

船の上でお仲間と話したところ、長い間エジプトに憧れてやっと来られたという人が多い。休みが少ないからと。みんな同じだ。

次はここからまた飛行機でアブ・シンベルに向かう。この旅のハイライトである。

そして、ホテルに向かう車中で、添乗員があわただしく言った。

「明日の朝のために、いろいろなところから人が集まっています。けれど、アブ・シンベルはそんなに大きな街ではありません。私たちがこれから行くホテルもパンパンでございます。食事はバイキングですが、出遅れると、並ぶか、あまりよいものが残っていない可能性があります。着いたら、お飲み物を注文する前に、まずお食事をお取りくださいませ」

ホテルのレストランでは、誰かが派手に皿を割る音と、イスが倒れる音が聞こえた。

部屋で二時間ほど休憩し、アブ・シンベル神殿を見学、さらに同神殿で音と光のショーを見る予定だった。

そして、やはり明日も午前一時にモーニングコールだという。

でも、ガイドの話が面白かった。ラムセス二世はさまざまな「偉業」を成しとげた、ファラオの中のファラオと呼ばれた人であったけれど、同時に、言葉は悪いがスケベであったと。

彼には七人の王妃と、百人（！）を超す子供がいたそうだ。

七人の王妃の中で最も愛されたのがネフェルタリである。アブ・シンベル神殿には大神殿の他に小神殿があり、小神殿はネフェルタリとハトホル女神のためにささげられたという。

今、私の手元にガイドブック『るるぶエジプト』（ＪＴＢパブリッシング）がある。ラムセス二世の欄にはこうあった。

「100人の子をつくったパワーが自慢です（中略）カデシュの戦いでヒッタイトと戦ったのはこの私。90年という長い人生だったが、最愛のネフェルタリをはじめ王妃7人と、100人を超す子供たちに囲まれ、人生悔いなしってところだな」

アブ・シンベル神殿に着いた。門から神殿に行くまで時間がかかる。そして、見えるのは、おそらく誰もが知っているであろうラムセス二世の巨大な像、四体が表に立つ大神殿だ。

この巨像の高さは二十メートルだという。なぜ同じ人物の像が四体並んでいるのか。ラムセス二世の若い頃と年老いた頃を表しているという説があるそうだ。そういわれると、向かって一番右側の像が微妙に老けているようにも見える。

足元には縛られた捕虜たちのレリーフがある。ラムセス二世が彼らを踏みつけにしている姿だ。

中に入れば、もう、ラムセス二世の威光を、どうだ、と示すものがいっぱいだ。

戦うラムセス二世は戦車を駆使し、矢を射る。敵の兵士たちは恐れおののき、降参する。牛飼いがあわてて牛を逃がしている。リビア人の捕虜を踏みつけ、さらに一人を打ち据えようとしているレリーフもある。

ラムセス二世が神から祝福を受けているレリーフもある。きっと当時の人々は、

「見よ！　牛飼いはファラオを見て逃げ惑った！　ファラオはリビア人を打ち据えた！」

などと言ってラムセス二世を褒め称えたことであろう。なんだかこちらまで気分が高揚すると同時に、今、こういうことをしたら世界平和に反するのではという気もする。

一番奥には、神格化されたファラオの姿が神々の彫像とともに並んでいる。その神様の彫像は、プタハ神、アメン神、神格化されたラムセス二世、ラー神の四体だ。

明日、一年に二度だけ、朝日がさし込んで照らされるのはここである。もっとも、四体すべてが日に照らされるわけではない。プタハ神は照らされないようにできている。暗黒の神とみなされているからだ。

しかし、なぜ？　年に二回のその日は片方がラムセス二世の誕生日で、もう片方が戴冠式の日だったという説もあるが、異説もある。ただ、何かで当時の人が関わっていたのは確かであろう。

天気によっては、その現象が見られないかもしれないと聞いた。曇って、日が差し込むのがきれいに見られなかった時があったと。

その晩寝られたのは、約二時間だ。集合時間とアブ・シンベル神殿の前に着いた時間を書くのはやめておく。

門の外でずいぶん待った。中にはトイレがないので、これからは一切、水を飲まないことにした。

添乗員とガイドたちはずっと立っていた。

すると、ザッザッザッと軍靴《ぐんか》の足音のようなものが聞こえた。何かと思えば、本当に、まだ若い兵士がぞくぞくと隣の門から入ってくる。

門が開いた時間は、予定されていたより遅かった。割り込みをしようとする現地人とガイドが激しい言い争いをしていた。

「皆さん、急いでお入りください。お足元に十分お気をつけください」

懐中電灯で足元を照らしながら足早に行く。あたりは静かだ。

アブ・シンベル神殿の裏は乾いた岩山のようである。さざ波の音がする。

大神殿の正面に来て、なぜ兵士がたくさんいたのか分かった。

彼らは大神殿の前に、等間隔にきれいに並んでその手にロープを持ち、おそらくは朝日をさまたげる者が出ないようにであろう、道をあけてずらりと並んでいたのだった。なかなか大変そうである。

大神殿の中には明かりがついていた。昨日は昼間だったから気がつかなかったけれど、けっこうな明るさだ。

一番奥が至聖所、その手前が前室、その次に入り口に近いのが第二列柱室である。私たちは第二列柱室のとある柱の横に導かれた。

ぎりぎりまで詰め、腰を下ろす。腰や脚が悪い人には特に厳しいらしく、

「ここの間に脚、入れさせてもろてよろしいかぁ？　ああ（足が伸ばせて）天国やア」

兵士たちは、外からつながるかたちで中まで列をつくっていた。至聖所まで続いている
のかもしれないが、ここからは見えない。

それから数時間、ひたすら待った。正座で器用に寝ている人がいる。私は眠れなかっ
た。おすそわけのお菓子がまわってくるけれど、なぜかもう食べても食べてもお腹がすく
のだ。

そして、やっと添乗員がこう言った。

「もうすぐ時間です。日の出の前に、いったん照明が切られるのでご注意ください」

座布団持参の人もいたが、私は床の上に座っていたので黒いズボンはほこりだらけだ。

実は先ほどから、このロープの中では、地元の有名人らしい人たちがドレスアップし、
すし詰めの私たちの前を颯爽と行ったり来たりしている。男性だけでなく美女もいた。

「あれ、気分いいでしょうねえ」

そして、テレビカメラがこちらを向いている。壁画を撮っているのか。それとも私たち

か。もしそうなら、「外国からも観光客が訪れました」と、ドロドロになった私たちの姿がニュースにでも映るのか。

嬉しくない。そっぽを向いた。

照明が消えた。大神殿の中は闇につつまれた。

どれくらい暗いかと言うと、自分の腕時計の文字盤が見えない。

それからはまた、ひたすらに大神殿の入り口を見ながら日の出を待った。

古代エジプトの大神殿の中、この暗闇に集まった人々が、一つのところを見つめて日の出を待っている。

その時、やっと私はこのツアーに参加してよかったと思った。

目の前にいるエジプトの兵士全員が一点を見つめている。彼らの心の中の祈りが聞こえる。日よ昇れ、明るくあってくれ、神々の像を輝かしく照らすくらいにと。それは私たち全員の願いでもあった。

彼らの顔は、そのうちに朝日に照らされてきた。彼らの若い真剣な顔は美しかった。

これが映画だったら、みるみるうちに日がさし込んで、皆がおお、と言いつつ畏敬にうちふるえるところであるが、現実は少し違った。

実は、日の出の時間はもう過ぎていた。すぐにここに日がさし込むわけではないのだ。まず、兵士たちの顔がじわじわと見え始め、周りも少しずつ明るくなっていく。兵士たちの顔がはっきり見えるくらいに明るくなると、エジプト人であろう、浅黒い肌の風格ある紳士が数人出てきて、一人ずつ私たちの前のロープの中を、奥へと進んでいった。

彼らはこの大神殿の奥で何かをしたのだろうか。私にはそれ以上、何も見えなかった。そのあと、列が急に動き始めた。朝日をさえぎらないようにかがんで、四体の神々の像の前を通り過ぎるたくさんの人がいた。

私の番だ。「Ｇｏ！　Ｇｏ！」と促される。

至聖所の入り口の周りを縁どるように、長方形の光がくっきりとあたっていた。定規で測って描いたかのようなきれいな形だった。神々の像がほんのりと光に照らされている。

「Ｇｏ！　Ｇｏ！」

急いでその前を通り過ぎようとする際、ふりかえり、この大神殿の入り口を見た。その真ん中の延長線上と思われるところに、朝日が昇っていた。それぞれ一瞬の出来事であった。

朝日は昇った。そして中も外もすごい数の人であった。全員が見られるのであろうか。私は、この日の集合時間や、アブ・シンベル神殿への到着時間、開門の時間と日の出の時間はここに書かなかった。私なりの配慮である。

そして、あくまで個人的な感想だが、もう一度同じ日程で、あの朝日がさし込む時を見たいかと訊かれたら、正直言ってもういい。疲れた。

それでも行った甲斐はあった。後半はそんなに日程もきつくなくて楽しかったし、あんな貴重な体験はそうそうできるものではない。

なぜなら、私はあの日、きっとファラオが蘇る姿を間接的に見たのである。

兵士たちの顔がはっきりと見えるくらい光がさし込んだ時、エジプト人であろう風格のある紳士が数人出てきて、一人ずつ、私たちの前のロープの中を進んでいったと私は書いた。

私は、あの時の紳士ほど、厳かな表情の人の顔を見たことがない。

時を超えて圧倒的な威厳を取り戻した何かが、謁見する人々を畏怖させたとしか思えなかった。あの顔を見ただけでも、エジプトまで行ってよかった。

おそらく、彼らは蘇ったファラオに会う資格を持った人たちだったのである。たとえへとへとになりながら、ほこりだらけになっても、私が簡単に会えるものではなかったのだ。

私がファラオに謁見できる機会は一生ないだろう。それでいい。

だからこそファラオの価値があるのだ。私一人が我慢するくらい、なんだというのか。

# 黒髪の行方

他人の容姿に関する話題はタブーだそうだが、私も恐ろしい発言をされたことがある。

確か去年のことだ。母の友人が、なぜか突然、私をしみじみと見てこう言った。

「あなた、百年くらい前に生まれていたらよかったのにね。色は白いし髪は豊かで、はえぎわもきれいで……」

昔に生まれていればよかったのに、と言って外見を褒めちぎる。こんなに微妙かつ残酷な称賛の仕方があるだろうか。相手が違ったら巧妙な悪意だと取られただろう。

なぜなら、私の身体髪膚《はっぷ》の特徴は、長所とされるものも含めて、ほとんどが今の流行に逆らっているからだ。

この、どんなに努力してもある程度以上美しくなれない中肉中背の体、比較的白くてきれいだと言われる肌、古典的な顔、まっすぐで量の多い黒髪。肌質では多少得をしているのかもしれないが、微妙なものの一つがこの髪だ。

『源氏物語』で光源氏が紫の上を見つけた時、幼い紫の上の、末を切りそろえられて垂れた黒髪は豊かで美しく、扇を広げたようにゆらゆらとしていたという一節がある。

しかし、現代に生きる私の髪は、

「うわっ！　髪の量、多いね。重いね。典型的な日本人の髪だよね」

と言われ、初対面の美容師に忌まわしいもののように、はたかれる。

ただ、他の美容師に言わせると、私の髪は量が多く重いものの、毛の質自体はとてもよいのだそうだ。よくも悪くもコシがあるので、パーマやヘアアレンジは確かに難しい。けれどストレートのロングヘアやボブだったら、かえってそのよさが生きる髪なのだと。

「髪の色も、染めていなくてこの色だったら、まっ黒ではなくて茶色がかかっているほうだと思います。肌の色もお白いし、色素が薄くていらっしゃるんですね」

そう言われてみると、この髪は真っ黒に見えることもあるが、光の加減で薄い茶色に見えることもある。

でも、茶色ではそんなに嬉しくない。私の髪は他の人と少しだけ違った色、でも自然な色をしていてほしいのだ。

ある朝、鏡の前で髪をとかしていた時のことである。ふと気がついたところ、この髪は漆黒と、茶色と、グレーがまざった不思議な色をしていた。毛先に注目したまま髪を振ると、一瞬だけだが琥珀《こはく》色に見えたところもあった。私はその時初めて、自分の髪を美しいと思った。

しかし、考えてみれば美の基準とはなんなのであろうか。結局のところ、その時に権力のある人たちの好むものが美しいとされ、もてはやされるのではないだろうか。

その基準にあてはまらない人は、あの人たちのような容姿をしていないのは恥ずかしいことだねとか、その外見を直しなさいとか、実は非常にひどいことを言われる。だがその権力も、気まぐれにさまざまな人の間を渡り歩いてゆく。

私自身も、白い、白いと言われる肌を大切にする一方で、重い、重いとされるこの黒髪に肌ほどの愛着をいだけないでいた。

しかし最近になって、この髪に大きな異変が起きた。

前頭部の中央に、黒髪と同じくらいにコシがある非常に立派な白髪が生えてきたのだ。

一部分にだけだが、定規で測ったかのように等間隔で生えてきたのを見た時には、本当にゾォッとした。これは、いわゆる若白髪ではない。そして、場所が場所だけに目立つのである。

全部染めてしまおうか。けれど髪は傷むであろう。それに、何よりこの微妙な色あいは出ないかもしれない。私の色だからだ。

そこで気がついた。これからも私は生き、この髪の毛も生き続ける。けれど、私の黒髪はもうすぐ死ぬのだ。二度と戻ってこない。

今になってやっと分かったけれど、私の黒髪はこんなに美しかったのだ。黒いはずなのに時に複雑な色あいを見せる、豊かな髪。寒い日の朝には、ひんやりとした絹糸の束のように触り心地のよくなる髪。けれども私は、それを失うまで、なんの感謝もしなかった。

それから私は、自分の容姿に不満を持つのをやめた。自分の長所に限りなく感謝し、短所についても諦めるのではなく、愛するのでもなく、ただ心から感謝するようになった。私を絶世の美人だと言った人はいない。これからもいないだろう。自分でも、そういう人たちとは違うという自覚がある。

ただ、うぬぼれや勘違いではなく、これからはありのままの自分を、できるだけ美しいと思うようにすることにした。何かを美しいと感じることは、それに感謝することでもあるからである。

今あるもの、自分に与えられたものの不満な点を探すよりも、ありがたいと思って大切にできたらいいと思う。

不思議なもので、そう考えるようになってから白髪の進行は止まった。

ただ私は、複雑な色あいをあわせ持つ自分のこの黒髪を、あいかわらず美しく、ありがたいものだと思う。その気持ちは変わっていない。

# かしこまりながら　京都の人々　あるいは紅葉と桜について

## なぜ私は恐縮しながら　何十回も京都へ行かせていただいているのか

かしこまりながら言うが、去年の秋に京都へ行ってきた。その年は事情があって三回しか行けなかった。

うちから京都までは意外と近い。

そのせいもあり、学生時代の修学旅行などを含めて、京都には何十回行かせていただいたか、もう分からない。

それでもあれだけ奥の深い街であるから、よそ者の私がそれくらいのことで自慢にはできないと、わきまえている。ただそうなのである。

じゃあよほど京都がお好きなんですね、と言われるかもしれない。もちろんそうだ。私は関西全域に大きな憧れがある。特に、京都の街の人々には尊敬の念を抱いているのだけれども、お叱りを承知で言うと、実は個人的には、私が一番好きなのは奈良なのである。

このあたり、我ながらものすごくびくびくしながら書いている。

「せやったら、そっちに行かはったらええでしょォ。ただでさえ、ぎょうさん人が来はって往生してるんやから来んでええわ」

と京都人の皆様、怒らないでほしい。凄まないでほしい。豹変しないでほしい。この京都弁があっているかどうかも、突っ込まないでほしい。理由があるのだ。きっと納得していただけると思うので最後までどうかご高覧のほどお願いいたします。

なぜ私は京都にそんなに何度も行かせていただいているのか。

私の家からそんなに遠くなく、何度行っても見所がつきず、アクセスもよく、誰を案内しても喜ばれ、日本を代表する都会でありながら、実は街が意外とコンパクトにまとまっていて比較的観光がしやすい場所というと、結局のところ京都になるからである。

こういう街は日本でも京都しかないだろう。このあたり、絶賛である。でも本当のことだ。

東京から来たある女性を案内した時のことである。その人は東京の非常によい場所に長年住んでいる人である。言葉やファッションにもそれが滲み出ている。

彼女は山の手の言葉を自然に話す。シルクのスカーフを巻いていたが、派手になりかねない鮮やかな色のスカーフを、これほどお洒落に首に巻くことのできる人を私は初めて見た。タクシーの運転手はバックミラーで彼女を見ただけで、「東京の人ですね」と言った。そういう人でも紅葉が始まっている京都に大感激していた。

知恩院や永観堂、高台寺などに行った。恥ずかしながら高台寺に行ったのは初めてであるが、とても好きになってしまった。

皆様ご存じの豊臣秀吉は、究極の成り上がり人であり、天下取りであったが、この秀吉の賢夫人だったのが、北政所《きたのまんどころ》ねね（高台院）である。

高台寺の魅力を説明するには、ねねとその人生とについて触れるべきであろう。それらは一反の織物の経糸《たていと》と緯糸《よこいと》のように交差するもので、どちらかがなくなったら織物は存在しなくなるからだ。だから、ねねがここに来るまでの人生と、それからを書こうと思う。

## なぜ私はこの希代の成功者を成り上がり呼ばわりしたくなるのか

文中では、この夫婦の呼び方を、秀吉、ねねで統一することにする。また、私は秀吉を究極の成り上がり人と言ったが、尾張の農家の、当時は低いとされた身分に生まれ、天下取りにまでなった人の才覚と実績を差別するつもりはまったくない。

歴史上の人物とはいえ、ねねの旦那様に結構なことを言っているような気もする。ただ、あの時代にあそこまで急激に偉くなった人は、どうしても、ひどいこともむごいこともたくさんしているはずだ。もっとも、戦国時代に残酷なことをしたのは秀吉だけではないから、安易にこういうことを言ってはいけないのかもしれない。

ただ、詳しくは後述するが、天下を取ったあとである。それまではよい話、見習うべき話も多くあるけれど、秀吉の晩年の行動に関して疑問を持つ人は、控えめに言っても少なくないはずである。

側室がわんさといたのも、女性としてはよい気持ちがしない。それを引きあいに出すと、少なからぬ男性が、「男のロマンだよね……」と、うっとりとした目で、本気で言うのもなんだかなあと思う。

時代が違えば感覚が違う。今の価値観で判断してはいけない、と理屈では分かっているのだが、何かひっかかる。

どうしても他の女性と話をしたいなら、せめて奥さんに内緒で、たまに外でぱあっと遊んでストレスを発散する程度にするとか。しかし、特にその時代には、そういう女性は、自分で望んでそういう仕事についたのではない人もたくさんいたであろう。同時に、そんな女性の悩みをよく聞いて、望む人には、自由とお金と新しい仕事先を見つけて差し上げる。そういうふうだったら多少ましだと思うけれど、どうなのだろう。書いていて分からなくなってきた。

秀吉が造った黄金の茶席も、正直言って私にはよく分からない。あれは、人の心を引きつけるための偉大なるパフォーマンスだと取るべきなのか。それとも逆説の美か。そういうものを造ったら成金と言う人もいるかもしれませんよ、と一言突っ込んでくれる人は周りにいなかったのだろうか。それとも、突っ込まれた上で、自分の美意識を表明するためにあれを造ったのだろうか。

実在しない人物からあえて例をあげると、一条ゆかり氏の漫画『有閑倶楽部』（集英社）

の悠理のお父さんのような可愛らしい人だったら、ああいうものを造っても、なんて面白い、微笑ましいものかと思う。けれども、前述のように、天下を取るには秀吉は残酷なことも多々したのだ。

ともかく、ねねは秀吉の無名時代からその死まで、いろいろあっても秀吉を支え続けた賢夫人なのである。

ねねは十四歳で秀吉と結婚した。非常に可愛い女性だったそうである。前田利家も浅野長政も結婚を申し込んだという。ところが、ねねが選んだのは「家甚だ貧」「身分卑しい」と書かれている、容姿はあまりよくなかったとの評判の秀吉であった。当時、秀吉は織田信長の足軽組頭にすぎず、十一歳も年上だった。

もっとも、秀吉の才覚の片鱗は、見る人によっては窺われたかもしれないが、その頃の常識からすれば、のちに天下取りにまでなるとは予想した人はいなかったのではないか。

言葉はよくないが格下の男性と結婚することになるわけで、ねねの母親はこの結婚を許さなかった。だが、ねねは他家の養女になってまでして秀吉と結婚した。

その祝儀の様子を、ねね自身がのちにこう回想している。

裏長屋の一室の土間に簀掻藁《すがきわら》が敷かれた。その上に薄べり（ござ）を敷いて座敷代わりにした。

そこに秀吉とねねが並んで坐り、かわらけの盃で三々九度の盃を交わしたのだ。決して豪華ではない祝儀である。でも、そこまでして結婚したということは、ねねも秀吉を愛していたのだろう。

相思相愛ほど美しく、幸せなことはない。二人は幸福だったはずだ。

周囲の予想に反し、その後、秀吉は信長に取り立てられて破竹の勢いで出世を続けた。天正二（一五七四）年、秀吉は近江長浜十二万石の大名になった。ねねも大名の奥方となったのだ。この時、ねねは二十七歳だった。

しかし、夫、特に成功した夫は浮気をするのが古今東西のお約束である。秀吉もその例にもれないどころか、浮気男の王道を行った。

## 浮気男の王道を行く秀吉　気くばりのねね

ねねは、それに鈍感だったわけではないようだ。夫を愛していれば嫉妬心を抱くのは当然のことである。

心あたりのある読者にはすごく怖いことを言って申しわけないが、嫉妬もしてもらえなくなったら実はおしまいなのである。

これはねねがどんな女性であったか説明する際、必ず出てくる話だ。それから数年後と推測される頃に、ねねは主君の信長のご機嫌うかがいに安土城へ参上した。

信長は、これも皆様ご存じの戦国時代のカリスマであり、自らを第六天魔王と名乗ったとされるほど気性が激しい人であった。そんな信長がその際、ねねにこんな内容の手紙を送っている。

信長はまず土産物の礼を述べ、ねねが以前より倍も美しくなったと褒め、秀吉めが不満を言うのはけしからぬと記し、同時にこう戒めた。

「どこを探しても、お前さまほどの細君は、かの禿《は》げ鼠《ねずみ》（秀吉）の分際では、二度と探し求めることはできないから、お前さまも、これから先は、奥方らしく鷹揚《おうよう》に構え、軽々しく、焼餅などをやいてはならぬ。この手紙は、羽柴（秀吉）にも見せてほしい」

第六天魔王も絶賛の賢夫人、ねねである。

同時期にこんな話がある。秀吉はある時、町の年貢や諸役を免除したのだが、それを聞いて近江の農家の人や近郷の人々がたくさん城下に集まってきた。

秀吉はそれに機嫌を悪くし、政治の方針を引き締めようとした。すると町人たちはねねに直訴し、「なんとか移住に関する取り締まりを弛めてほしい」と哀願した。

「そんなに町人、百姓をきびしく取り締まるのは、なんとも不憫《ふびん》であるから、前々のとおりにしていただきたい」と、ねねが秀吉に頼んだところ、秀吉はそれを聞き入れた。

ねねは、よくこのような配慮をしている。もう一例をあげてみる。

これよりかなりあとのことだが、のちに大坂城の奥女中衆の中に両三人の横着者ができた時、ねねが間に入って秀吉に取りなし、その罪が赦されるよう懇願したことがある。秀吉はそれに応えて横着者の罪を許してやった。

奥女中に対する取り締まりが厳しかったことは、秀吉の定めた大坂城の掟書を見てもよく分かる。しかし、他ならぬねねの取りなしだから、秀吉は特別な処置をほどこしたのである。

大変なことである。周りは案外相手をよく見ているもので、親切にしてもらっても、この人は利用できると思ったらつけこまれることもある。横着者ならなおさらであろう。

ねねは優しいだけでなく、強く、賢い人であったようだ。

秀吉もねねには頭が上がらなかったようだ。陣中に側室を呼び寄せる際は、ねねを通している。

現存する手紙に限って言えば、秀吉がねねを非難したのは一回だけだとされる。

ねねは、珍しくある人に対しては冷淡であった。その態度を秀吉は責めたのである。

しかし、その人こそはのちの小早川秀秋だったのである。関ヶ原の戦いで西軍を裏切り、東軍大勝の一因を作った人だ。もしかしたら、ねねは当時から何かを察していたのか。

## 慈しみは厳しい

いずれにせよ、周囲の人に多くの慈しみを与え、なおかつ尊敬されるのは、とても難しいことである。

侮られてもいけない。また一見立派な人でも、この人は自分は傷つかない高いところにいて立派なことを言っているだけだ、と気がついたら、人は一般的に、特別な関係がない限り、その人を尊敬はしない。

慈しみというのは、非常に厳しいものである。

特にねねが生きたのは戦国の世である。人の心どころか命も軽んじられた時代だ。女性ならなおさらである。ねねもまた傷ついていた。

秀吉とねねの間には子供ができなかった。そのせいなのか、あるいは単に好色だったのかは知らないけれど、秀吉は前述のように多くの側室を持った。

側室の数は十六人だったとも言われるが、名前が判明しているのは十一人だけだとされる。そして、秀吉の周りにいたたくさんの女性の中で子供を生んだのは、なぜか淀殿だけである。

人間五十年と言われた時代において、秀吉は、五十歳を過ぎてからようやく初めての子供を得た。

最初の子は夭折したが、また淀殿との間に子ができる。それがのちの豊臣秀頼である。

## 晩年の秀吉

地位も名誉も富も女性も得た英雄が、最後に望むのは世継ぎだけだ。秀吉は当然この子を溺愛した。秀吉は、幼少の秀頼にこんな手紙を出している。

「先日は普請場まで見送ってくれありがとう。でもあの時は、まわりにたくさん人がいたのであなたの口を思いっきり吸うことができず、たいへん残念でした。（中略）今度は誰に気兼ねすることもなく、そなたの口を吸います。油断してお母さん（淀殿）に口を吸われないよう、くれぐれも気をつけて下さい」

これだけ見ているとすごくよい人のようである。だが同じ頃、秀吉はこういうこともしている。

晩年の秀吉は、自分にはもう子供はできないものと諦めていたので、甥の豊臣秀次を跡継ぎにするとしていた。だが、いざ秀頼が生まれてみると、やはり可愛いのは自分の子供である。

しかし、そこは天下人の裁量で、秀吉は最初、円満な方法で豊臣の天下を秀頼に譲らせようとしたようだ。けれども秀次は、一度占めた王座を降りるのを拒んだ。秀次は自暴自棄に陥り乱行をつくしたので、秀吉はこれを切腹させた。

それには秀次にも責任があるのだろうが、哀れなのは共に死んだ人々である。秀次の子女、及び妻妾三十数名も、一族連座の法によって京都の三条河原で斬られた。その殺され方は無残という他ないものであった。

秀吉は彼らを皆捕らえて集め、遺書をしたためさせた。一方では、三条河原に公開の処刑場が作られた。秀次の首級が西向きに据えられ、妻妾や幼児にこれを拝ませる、と沙汰された。

それから賤しい河原者《かわらもの》が、命じられて彼らを引き出した。

かつては綺羅を飾り、華やかな侍女にかしずかれていた人たちである。これらの妻妾、幼児らは、一輌の車に二、三人ずつ乗せられ、京の町を引き回された。貴賤老若の男女がこれを見物しようと群れ集まった。

三条河原に到着すると彼らは車から降ろされた。

彼らはそこに据えられた秀次の首級の前に額ずき、これを伏し拝んだ。そして処刑が始まったのである。

人より早く殺してほしいと太刀取りの前へ出るものもいれば、心が臆して私は後にというものもあった。しかし、いずれにせよ、これから全員が殺されるのだ。

五十ばかりのいかにも悪漢らしいひげ男が、さも美しい若君を、犬ころをひっさぐるようにつかみ、二刺しした。その母親、その他一同が泣き崩れる。

三歳になる姫君がいた。姫君は母親に抱きつき、わらわも殺されるのかと訊いた。母親は、南無阿弥陀仏と唱え給え、父関白（秀次）にやがて会えるに、と言って十度ほど唱えた。

荒々しい河原者どもは、「そんなことをしても無駄だ」と言って母親の膝から奪い取って、胸を刺して投げ捨てた。しかし、まだひくひくと動く。それを見て気が狂うところであるが、彼女は落ち着いて、今度は私を殺せ、と西に手をあわせると、首は斬られて前に落ちた。

見物に来た者からも、こんなに痛ましいものだと分かっていたら来るのではなかった、と悔いる声が多々あがったという。かつて秀吉は秀次に、「人を切ること嫌いに候」と言ったのに、なぜこういうことをしたのだろう。

## 熟年夫婦をなめてはいけない

考えてみれば、秀頼の母親、淀殿も数奇な運命の人であった。

秀吉が淀殿を側室にしたのは、彼女がかつて懸想した人の娘だったからだという有名な話がある。絶世の美女だと言われたお市の方であった。結局、お市の方は別の人と再婚するのであるが、皮肉なことに秀吉は、お市の方の再婚先の家を滅ぼすことになった。

つまり淀殿は、秀吉がかつて恋していたと言われる女性の娘であると同時に、秀吉に家を滅ぼされた女性であったのだ。そういう複雑な関係の、しかも三十以上も年上の人の愛妾になることになったのである。

栄華の陰には必ず人々の深い恨みと欲望があり、狂気がある。それでもねねという人は、あまり変わらなかったようである。

慶長元（一五九六）年、それまで「拾《ひろい》」と呼ばれていた子供は名を秀頼と改め、翌年、京都の新邸に移ると、淀殿もこれに従った。同三年三月、かの醍醐の花見が催された。その輿《こし》の順序は、ねねの次位を占めていた。

そしてこの花見の席で、盃争いという事件を起こした。相手は側室の一人で、松の丸殿という女性だった。

この争いの原因はよく分かっていないが、松の丸殿は名家京極氏の出で、淀殿より年長であり、しかも絶世の美人と言われていた。おそらくその権勢が淀殿と拮抗するものがあったのであろう。しかし、今や淀殿は豊臣家の世継ぎ秀頼を擁していたのである。その権威に松の丸殿もついに屈服せざるをえなかったのだろう。

ねねは、他の人々とともに、この側室たちの盃争いを仲裁した。

結局、なんとかおさまりがついたものの、花見気分も何処へやら行ってしまったと、ある家来の覚書に書いてある。

ともかく秀吉は、そんなねねを終生重んじた。

淀殿が懐妊した時も、ねね宛てに、

「大坂に行くから、待っていてほしい。ゆっくり抱きあって、話しあいたい」

などと書いている。

子供のできなかったねねを彼なりに思いやっていたのだろう。

しかしこの時、二人は秀吉が五十代、ねねも四十代である。くどいが人間五十年の時代に、天下人が十四歳から自分に連れ添ってくれた妻にこんな手紙を出すとは。熟年夫婦をなめてはいけないのかもしれない。畏れいってしまった。

そしてまた、これだけだと秀吉がとてもよい人に見えてくる。しかし秀吉のえぐい裏話、特に女性に関する話はいろいろある。

賭碁《かけご》をして、自分と碁を打って勝った相手に、景品として、若い側室をくれてやったこともある。おたね殿という側室である。そのために一美女の運命が狂いもした。

秀吉は伏見城で六十二年の生涯を閉じた。

秀吉は死ぬ少し前に、徳川家康を含む五大老に秀頼の将来を必死に嘆願している。秀頼はまだ六歳だった。

「なに事も、此のほかには、おもひのこす事なく候。かしく。返すぐ秀頼事、たのみ申し候」

なに事も、此のほかには、おもひのこす事なく候——確かに充実した人生だったのではないか。我が子秀頼の成長を見とどける以外のことは、すべてできたのだから。

淀殿は、秀吉の存命中はねねを立ててはいたものの、秀吉が死ぬと、ねねを大坂城から追放し、事実上の女城主になった。

それは知っていたが、そういえば、私はねねのその後をよく知らない。どうなったのか。

## なぜ淀殿は勝てない相手と戦ったのか

一般的に夫に先立たれた権力者の妻、もしくは一番に寵愛《ちょうあい》されていた女性は、夫の死後は手のひらを返されることと相場が決まっている。

よい話ではないが、多くの場合、周囲が過度なくらい頭を下げていたのは、その女性を敬っていたからではない。その女性の後ろにある権力に少しでも近づきたかったからだ。私が言うまでもないが、周囲が必要だったのはその女性ではない。その後ろにあった権力である。

だが、ねねはその後も幸せに暮らした。そして驚くべきことは、ねねは死後も秀吉を愛していたように見えるのである。

ねねは安らかに過ごしていたが、ある時、秀吉の菩提を弔うための寺を造り、その地を自分の終焉の地にすることに決めた。

それがこの高台寺なのである。慶長十一（一六〇六）年に開創され、それから四百年以上ここにある。

ねねは、伏見城などの、かつて秀吉と自分が住んでいた城の一部をここに移築させた。そして、秀吉の遺品をゆずり受けた。言ってみれば、ねねは秀吉と自分の思い出の建物や品々に囲まれて過ごせるようにしたのだ。

そして秀吉の墓参りにいそしんだ。ねねが高台寺を建てる際にこの地を選んだのも、秀吉の墓所に近かったからである。

彼女自身は穏やかな人であっても、ねねを取りまく環境は決してそうではなかった。まず、豊臣家が滅びた。ねねを追い出したあとに事実上の大坂城の女城主になった淀殿は、権力はもはや自分たちにはないということを、どうしても認めようとしなかった。

新しい権力者である徳川家康は、まず懐柔策を試みている。家康が将軍職を息子に譲った時、秀頼に、自ら上洛してこれを祝いに来いと言った。

それは豊臣家の降参を意味する。淀殿は、そうするくらいなら秀頼を自害させ、自分も自害すると言ってかたくなに拒否した。

かくして両者の戦いが始まった。そして大坂の役（大坂冬の陣・夏の陣）で豊臣家は滅ぼされた。大坂城も焼けた。

私が不思議なのは、なぜ淀殿は、勝てない相手と戦ったのであろうかということである。

戦は正しいほうが勝つのでもなく、悪いほうが勝つのでもない。気力や運もそんなには関係しないと思う。

戦は、その時に力が勝《まさ》っているほうが勝つのである。しごく端的な言い方になるが、そういうことである。だから、豊臣家はこの場合、その時の徳川家に勝てるはずがなかったのだ。

淀殿はそれを知っていて戦いに挑んだのか、判断能力に欠けていたのか、それを失っていたのか。分からないが、城主は城に住むもの、ひいては自分の家臣や民の命を担う立場である。

どうしても自分たちは徳川に頭を下げたくないというなら、他にやり方があったのではないか。少なくとも、自分のためだけにたくさんの家臣の命を巻き添えにしたのならば、それは城主として取るべき方法ではなかったとしか言いようがないであろう。

落城の日は慶長二十（一六一五）年五月七日であった。その時、ねねはどうしていたのだろうか。

小堀泰巖・飯星景子著の『古寺巡礼　京都　37　高台寺』（淡交社）によると、現在でも大阪城の天守閣展望台から双眼鏡を使うと、この高台寺付近まで確認できるそうだ。また、創建時からあり今も高台寺に残る建物の一つに、二階建ての時雨亭《しぐれ》があるが、その窓からは淀川を望むこともできたらしい。

大坂城の天守閣に火が入ったのは、その日の午後四時頃だったという。

ねねは落城の日、遠くに燃える大坂城の火炎や立ちのぼる煙を見たかもしれない。いずれにせよ落城の時、ねねの胸中に去来したのはなんだっただろうか。

ねねは大坂落城に関して、伊達政宗への手紙にこうしたためている。

「大坂の御事は、なにとも申候はんずることの葉も御入候はぬ事にて候」

## 頂点を極めることと、その弊害について

とにかく、あの祝儀の日、裏長屋の土間のござの上で、秀吉とねねが三々九度の盃を交わしてから五十余年の月日が経っていた。

私だったら巻き添えになった人を気の毒には思うが、大坂城が燃えたのは悲しくない。

よく言われることだが、天下人にまでになった秀吉はしだいに狂っていったのではないだろうか。秀吉を書いた小説はたくさんあるが、天下を取ったところで終わっているものが多いというのも分かるような気がする。

権力に限らず、どこかに何かが集中し過ぎてしまうと、何かが狂っていくのだ。

殺戮の血に染まった手で数々の側室を抱き、その中には、かつて自分が懸想した女性の子供であり、かつ自分が滅ぼした家の娘もいた。

ゆがんだ欲望をかなえられて嬉しかっただろうか。その女性はやがて跡継ぎを生んだ。そして彼女こそが、家臣を道づれにして、我が身とともに城や自分の築き上げたものを焼きつくすことも知らず、秀吉は安らかに死んだのである。

「なに事も、此のほかには、おもひのこす事なく候」

　こう遺して死んだ秀吉が私は怖い。戦乱の世を、自らの才器で愉快に生き、富、権力、女性、世継ぎばかりか、最後まで良妻の愛情に恵まれ、幸せに死んだであろうこの人が本当に怖い。

　その後ろには無数の屍や不幸や恨みがあったはずなのに、その人たちの思いはどこへ行くのか。

　しかし、そんな秀吉を愛したねねは、ずるかっただろうか。

　豊臣家を滅ぼした後、新しい覇者、徳川家康は徹底して豊臣の残党狩りを行う。秀頼の子は貴人の処刑らしからぬやり方で斬首、係わりがあった人間をすべて探して処断した。そのため、秀吉の墓には、ねねすらも近寄れなくなってしまった。

　だが高台寺は残った。ねねの死後も、家康が自ら与えたお墨付きを持った朱印寺という立場を利用して高台寺は生き抜いた。

　もっとも、栄枯盛衰は世の習いである。女主人を失ってから数百年の間、たび重なる戦乱、火災で高台寺は多くの堂宇を失い、また再建もされてきた。それでも今残るものは当時よりはずっと少ないらしい。

実は、今からは想像もできないことだが、昭和の末まで高台寺は荒廃の極みだったという。それを復興しようという気運が盛り上がり、人々が一致団結して今の姿になったのだそうだ。

## 紅葉　錦　枝垂《しだ》れ桜

今の高台寺の、ひたすらに穏やかで美しい境内を見ると、どうしてもそうは思えない。私が高台寺を訪れたのは、おりしも小雨の日だった。あちらもこちらも打ち水をしたようで、しっとりと清められてさらに美しく、ひんやりとしてどこも本当に素晴らしかった。

今思えば、まだそう寒くもない小雨の日の秋に初めてこの寺に来られたなんて、私はなんて運がよいのだろう。

台所坂という参道を行く。緑に包まれた、なだらかな石段の続く斜面だった。私はここから、すでに不思議な心地よい感じを覚えていたのであるが、それがなんなのか、その時は分からなかった。

今思えば、この木々は、ここの女主人、ねねが出迎えによこした従者だったのである。だから、きれいに手入れはされているものの、よそよそしくはない。少しだけ手をこちらに伸ばして、ようこそお越しくださいました、お足元にお気をつけてくださいね――と気遣ってくれる。

紅葉はまだ始まったばかりだったが、楓の木はいくつもの色に染まっていた。緑色の部分の葉はみずみずしく、新緑のようだ。それを目で追うと黄金色に変わる。完全に赤くなったところの先端の葉は、心地よく冷えた日の暁の光を吸いこんだように、秋にふさわしい色に染まっていた。

この、いくつもの色が交じった状態を「錦」と呼ぶそうである。真っ赤に染まった紅葉よりも美しいと私は思った。

一本の木に季節の移り変わりがある。どの季節もここではこんなに美しく、その変わりめもまた美しいことを楓の木すら知っていて、どうです、と誇らしげに見せてくれるのだ。

あたりは隈なく清められている。なんというか、どこを見ても文句のつけようのない美しさである。それは京都の街にある美しさに共通していると私は思う。

例えば、季節は違うが桜である。

桜といえばソメイヨシノである。あれももちろんきれいだけれど、ソメイヨシノは色が淡く、雪のように見えることがある。

桜の中で私が一番好きなのは枝垂れ桜だ。いつか見た枝垂れ桜は、もっとこっくりとした色で私は好きだった。何よりも、群舞する舞姫達の腕のような枝がふりかかってきたのが本当に好きだった。満開だったのも好きだ。花は咲くなら豪華絢爛が私は好きだ。

私の街の公園にも枝垂れ桜がある。毎日でもしみじみと見られるのはありがたいことで、去年は、いつ満開になるかと楽しみに、足しげく通った。

ただ、この枝垂れ桜はまだ若いのである。丈もそんなに高くない。枝も短い。ある程度以上はどうしても美しくなってくれない。この木が圧倒的に咲き誇り、豪華な腕々を枝垂れさせてくれるのはいつであろうか。私の生きているうちは難しいだろう。それでも愛着はあるし、やはり美しいので今年も見に行くつもりだ。

ところが、高台寺には見事な枝垂れ桜があったのである。そのすらりとした、優しい、見事な立ち姿。特に、私が行った時には小雨だったので、長い腕の先が少しすぼまっているのは、しとやかな女性が静かにたたずんでいるようで本当に美しかった。

それは幾多の荒廃に動じず、また立ち直った今の静かで美しい高台寺を見守る、かの女性を思わせた。

「これが咲いたら、きれいでしょうね」と私が言うと、「きれいですよ。どうぞまたいらしてください」とお寺の人が答えた。

しかし、桜の咲く時期は、毎年微妙に違ってきている。咲き方もその年の天候によって違う。最近はインターネットがあるので、うまく使えばある程度正確な情報を得ることもできるらしいが、最後は運であろう。ましてや、いつ満開になるのかなど誰にも分かるまい。私がまたここに来られたとしても、毎日通うことなどできない。

桜と紅葉は、結局、その土地の人々のものなのであろう。咲き具合には個人の好みがあるし、それらを一番美しい状態で見られるのは、観光客でもよほど幸運な人か、地元の人である。

私はこれからも私の街の公園の枝垂れ桜を愛し続けるだろう。けれど、京都の人がうらやましくもある。

## 人を愛しぬくということ

高台寺の境内には、伏見城から移築した建物も現存する。

伏見城は秀吉が亡くなった城である。ねねは、かつて秀吉と自分が住んでいた城の一部をここに移築させ、秀吉の遺品を譲り受け、秀吉と自分の思い出の建物や品々に囲まれて過ごせるようにしたと言ったが、それらの建物が今も残っているのである。

今は茶室とされているそのうちの一つが時雨亭である。茅葺き、二階建ての珍しい建物だ。

この建物はもともとは茶室ではなく、伏見城にあった頃は学問所として使われていたと推測されている。学問所がこんなに凝った美しい建物だったのだろうか。それにしても、まさに栄華だ。

いずれにせよ、これらの建物は、ねねという女性が実在したこと、そしてあんなにいろいろあったのに、ねねが死ぬまで秀吉を愛し続けたであろうことの証拠なのである。

一人の人間を愛しぬくというのは、なんて厳しく、尊いことなのだろう。

墓所もここにある。霊屋《おたまや》といって、秀吉とねねの像が並んで置かれている。秀吉の墓所は前述のように他にあるのだけれど、ねねの像の下には、秀吉の像のかたわらで、ねねが今でも眠っている。

だから、形式的なものではなく、ねねの本物のお墓なのだ。私はまた驚き、そばにいたお寺の人に訊いた。

「本当にそうなんですか？」

「そうですけど」

相手は、またあっさりと答える。どうしてそんなことで驚くのかという感じである。激動の時代に翻弄されず七十六歳まで生きた女性に、こんなところで直接お会いできるとは思わなかった。感激しつつ、賢夫人にしみじみと合掌した。

その向かいには彼女の終焉の地、圓徳院がある。ここも本当に素晴らしいところだ。私はまた大好きになってしまった。本当に京都には至宝に値するところがいくつあるのか、おそれいるばかりだ。

晩年のねねの話を聴いてまたびっくりである。ねねがこの地にやってきてから、大名、禅僧、茶人、歌人、画家、陶芸家など、多くの文化人がねねを慕って訪れたと伝えられている。ねね五十八歳の時のことである。

先ほど触れた『古寺巡礼　京都　37　高台寺』の飯星景子氏のエッセイにこんなくだりがある。

大坂夏の陣で、ねねは甥の木下利房《としふさ》を徳川方として戦場に送り出した。

利房は関ヶ原で西方に属したため失領し、直前まで高台寺に寄宿していたのである。そんな利房をあえて徳川方として戦に出したのである。

それには「天下を今後も治めるのは徳川、とにかくどんな形でも生き延びなければならない」という、ねねの厳しい戦国時代の生き方が身に染みている意見がおおいに影響したと考えられる、という。以下は引用である。

「その思惑通り、利房はのちに戦功が認められて備中足守藩二万五千石の大名として復活、現在もその家系は続いているのです。

——どんな形でもいい、とにかく生き延びなくては。

その信念には、人の命や栄華というものが一瞬にして消えゆくことを知っている人間だけが持っている、強さというものがありました。」

私もそう思う。ねねの行くところにはいつも慈愛があった。戦国の世という殺し合いの時代、殺さなければ殺されるはずの時代に、ねねの周りでは、人は許され、愛され、生かされたのだ。

## 京都の美と私の嗤《わら》われ話――犬にもお叱りを受けて――

私たちは移動し、とある場所を散歩した。

この周辺は街並みがよく整備されていて、ふと迷いこんだ路地もとても美しい。

考えてみればこれらの家々に住んでいるのは一般の市民の方々のはずだ。どうしてこの路地はこんなに美しいのか。

その東京の女性の住んでいる場所もそうだけれど、他の大都市ではこういうよい土地はすぐに売られてしまう。それは持ち主の自由で、よそ者がとやかく言うことではないけれど、街並みが変わりやすいという面はあるだろう。

ここはどうなっているのか。景観を守るようにという規制でもあるのか。この路地はどこを見てもきれいだが、掃除は誰がしているのか。

最初にこの路地を見た時は、こんなにきれいでよい場所に家がある人はいいなと思ったけれど、きっと、そんなに単純なものではないのだろう。

それにしても、京都には文句のつけようのない美しいものが本当にたくさんあり、また、非の打ちどころのない美しい人も多くいる。それはどうしてだろうか。

そういえば、祇園祭ですれちがった着物姿の五十歳ぐらいの男性も、着つけも素晴らしく、颯爽としていて、はっとするくらい美しかった。

市井の人の晴れの日なのであろうか。いずれにせよ、ありがたいものを見せていただいた。

私は別におじさま趣味ではない。ただ、日本ではある程度の年齢になると、人は男女とも、おじさんおばさん、とひとくくりにされてしまいがちで、その年代ごとの美しさを追求しがたくなる。そんな社会において、ああいう美しい中年男性の姿は他ではなかなか見られないのである。

だが、なぜだろうか。これも私にはなんとも言えないのだが、たぶん、みっともないことをすると「嗤う」人が、それもたくさんいるからなのだろう。

私はそう思う。なぜなら前述のように私が京都の街に来させていただいたのは何十回になるか分からないが、私が京都の街の美しさに感嘆しなかったのは一度もなかったと同時に、嗤われなかったこともほぼ一度もなかったからである。

よそ者だからなのか。こういうものなのか。ともかく私が京都人でないのは口を開けば一瞬で知れることだ。私の話す言葉はほぼ完全な標準語である。それに、見ていてもなんとなく分かるのだろう。

いつも素晴らしい思い出とともに、チクリ、とやられた心の傷をおみやげにして私は帰る。その傷はすぐ癒えるのだけれど、よそ者ばかりがこういう目にあっているとは思えない。地元人同士でもチクチクやりあっているなら、地元の人はあれが気にならないのだろうか。

私は京都を讃えるためにこの作品を書いている。京都人を怒らせることほど怖いことはなかなかないし、そうでなくとも京都の悪口を書くつもりはまったくないのだが、最近、京都の人の意外な優しい一面をうかがい知った気がするので、それを書きたい。

だから、そのちょっといい話を書く前に、私を含めた観光客の行動を自戒するためにも、さしつかえない範囲で、私の嗤われ話を一つだけさせていただこうと思う。

かなり前のことだ。用事を頼まれて京都へ行った。荷物が多かったのと、初日は一人で歩かねばならなかったのとで、キャリーバッグを引いて、ある路地を歩いていた。キャリーバッグとは底に小さな車輪がついたバッグのことである。

すると一匹の飼い犬が、激しく私に吠えた。鎖はついていたものの突然だったので、きゃっと声をあげた。

それを聞いた飼い主が家の中から出てきた。高年の男性だった。

わざわざ謝りに来てくれたのか、かえって申しわけないと思いきや、その男性は犬を愛しげに撫でて、

「おう、おう、ガラガラかァ。そりゃあ犬もびっくりするわなぁ」

と聞こえるように言って、私を嗤ったのである。

犬は、このふらちものめ、こらしめてやったぞ、という目で、私が逃げ去るまで飼い主に撫でられながらこちらを睨みつづけた。

まあ、ああいう路地でキャリーバッグを引いて歩かれると、音が意外に大きく響くのであろう。

京都のああいう路地には昔から住んでいる方々が多いというし、向こうにしてみれば、黙ってそれに耐えているだけでは、その迷惑が一生、あるいは子孫の代まで続きかねないわけである。

そうか、悪気はなくとも私が悪かったのだな——と思えたのはあとになってからで、その時は、京都の人は冷たいというけれど本当に冷たい、あんな言い方をしなくてもいいの

にと私は傷ついてしまった。

でも、観光客の皆さん、地元の方々に迷惑をかけないように、お互いに気をつけましょう。

迷惑をかけたら、言い方はともかく何か言われても仕様がないと思う。京都の人々の機嫌を取りたいわけではなく、どこでもそうであろう。その人たちが困るのであるから。

# 京都のぬくもり

　ともかく、私は結構長い間、京都へ来るたび、この美しい街に人の温かさはどこにあるのだろう、と疑問に思ってきた。

　その答えは今でも知らない。ひょっとしたら一生知ることはできないかもしれない。私はよそ者である。ただ最近、私が知らないだけで、人の心の温かさはちゃんとここにもあるのだと、うかがい知る出来事がいくつかあった。

　これまで何度か着物で京都へ行ったことがある。髪をセットし、着物も比較的うまく着られた日に、後ろから歩いてきた中年の女性が、

「あなた、きれいに着れてはる」

と言ってくれたので、ものすごくびっくりしたことがある。もちろん、知らない人である。

　その人は私を追い越して歩いていったが、角を曲がったところでまたばったり会った。彼女はクリーニング屋から出てきたところだった。地元の人なのだ。その女性は、私と目

があうと、にっこりと笑った。

その日は、ある方と着物の展示会に行ったのだ。京都市内の会場の前で記念写真を撮っていたら、今度は、これも見知らぬ初老の女性が、

「変わったことしてはるなァ」

と、私を嗤って去っていった。

先ほどは褒めてもらえたのに。いずれも私の街ではありえないことである。今では「普通」の街では、着物姿は目立つのでなかなか着られないし、着ても他人は細かいところまで見ていない。

それをきっかけに、京都に行く際はできるだけ着物にするようにした。

京都では着物姿で歩いていても誰も何も言わない。「今日は何があったんですか？」と、悪気なく、しかし同じことを同じ日に違う人に何度も訊かれることもない。ただ着つけの時には緊張する。よくも悪くも、見る人の目が厳しいからである。

ともかく、これもほぼそのたび、洋服で来た時とは違った京都の人々の温かい対応を受けた。

そしてまた、着物という日本人をこんなに美しく見せてくれる素晴らしい民族衣装を、

時代に逆らっても護ろうとしている人々が少なからずいることも知った。

その人たちの深い造詣と地道な努力、何よりも強い信念は、感嘆するより他ないものである。執念ではなく信念なのである。

執念と信念は似て非なるものだ。表面はどう見えても、執念は結局、自分のためだけのものなのである。信念は違う。他への深い愛情からくるというか、もっと尊いものなのである。

信念、言うのはたやすくとも、これほどありがたいもの、存在が稀《まれ》であるものはなかなかない。報われ難いからである。それだけに信念を持つ人の姿は本当に美しい。

私もそうだが、人間は楽なほうに流されがちである。その人たちの姿を見て反省させられ、少しでも見習うようにと思った。この気持ちを持ち続けられるよう自分でも祈っている。

かなり前になるが、こんな光景を見たことを私は思いだした。とある展覧会でのことである。

## 女流画家　上村松園

上村松園《うえむらしょうえん》（一八七五〜一九四九）は、京都出身の女流画家である。

ちなみに彼女の生まれた年と亡くなった年を年号にすると、明治八年に生まれ、昭和二十四年に没したことになる。七十四歳だった。

また、よいのか悪いのか分からないくらいに松園が画才を発揮し、頭角をあらわしたのは早かった。

十五歳で、すでに『四季美人図』が英国皇子コンノート殿下のお買い上げになった。二十五歳で『花ざかり』という作品で画壇に認められる。数々の傑作を遺し、死の前年に、女性として初めて文化勲章を受章した。

この時代の女性が、卓抜した才能と実力を持った画家として生きることがどれほど大変だったか、詳しい説明は不要だろう。

それに松園は、その精緻な筆使いと隙のない画風を見れば分かるように、独学ではなく絵の専門教育、ひいては師について英才教育を受けた人である。

もちろん、専門教育や英才教育を受けた人ばかりが素晴らしいとは限らない。すべての芸術家の存在意義は、作品を通して人に感動を与えることだからである。

ある手法を使う人たちの芸術作品だけが正しく、他は間違っている、間違っている人の作品は誰にも感動を与えない、ということはありえない。特別な手法は必要な場合もあるが、それ以上のものではないのだ。常識を知らない人が常識を覆すほどの感動を与える作品を生み出すこともある。それが芸術の世界である。

ただ、こういう英才教育を受けた人だけが生み出せる独得の感動がある。

なぜなら、職業として絵を描こうとしている人が、同門の人たちとともに先生について、一緒に絵の修業をするというのは本当に大変なことだからだ。厳しい、という言葉だけで済まされるような世界ではない。少なくとも私が知っている人のいた世界はそうだった。

選ばれた人たちが集まり、その中でも誰かが突出すれば必ず誰かが苦境に立つか、もしくは挫折することになる。しかも個々の生活、将来がかかっている。

誰が悪いのでなくても、誰を人間として好きであってもそうでなくても、最終的には皆がライバルになりうる。そういう利害関係にある人たちが、始終、顔をつきあわせて一緒に修業をするのである。

大先生になれたらお気に入りのモデルを選べるかもしれないし、取り巻きや同じくらい偉い先生や弟子と芸術論も交わせるだろう。絵を描く喜びを満喫できるかもしれないけれども、修業中は難しいだろう。

一人のモデルを囲んで皆でデッサンする。美しい自然へもともに出かけていって写生に励む。上下関係も今より厳しかったはずだ。他人には言いにくい、さまざまな矛盾にも耐えなければならない。

そういう状況で、何かあっても逃げ場がないというのは、楽しいこと、ためになることばかりではないのである。

余人にははかり知れない陰惨な影さえつきまとう、独得の世界である。

その静かで長い、時に暗い戦いの日々の中で、よい作品を描いて認められなければ、その人は生きていけないのである。

そういう世界の人が描いた絵には、その人たちしか出せない凄みと独得の感動がある。

松園の絵にも一貫してそれがある。

特に、くどいようだが松園は女性であった。松園は父親と死別している。だから、職業として絵を描かなければならなかった立場は同じなのだが、当時の、特に同門の男性の中にはそう思わない人もいただろう。女性が働くなんてとんでもない、しかも絵描きなんて、と言われた時代である。松園も最初は親戚にすらひどく反対されたそうだ。

そんな時代に、そういう世界で女性が凄い絵を描き、早く高く評価されたら、皆に歓迎はされなかったのは当然であろう。

晩年の松園にはこんな逸話がある。

松園は中国旅行に行ったことがある。母親を亡くしたあとのことだ。

松園にとって、母親は最愛の人であった。夫と死別したあと、周囲になんと言われても再婚を拒み、女手一つで自分たちを育ててくれた母親が生きている間は、残していくのが心配で泊りがけの旅行などできなかったのだという。

この中国旅行は、本人も自伝『青眉抄』(求龍堂)に書いたように、「私にとっては初旅といっていいもの」だった。

しかし、すでに松園も若くはなかった。そこで、秘書という名目で、身の回りの世話などをする人として、当時まだ若い女流画家であった三谷十糸子氏が選ばれた。

松園は彼女を非常に気に入り、部屋も同室にし、女同士のおしゃべりに花を咲かせ、

「十糸さん友達ていいもんやなあ」

　と言った。そして、

「今まで本当に友を持ったことがなかった。誰も彼もぐるりは敵やった」

　とも言った。

　すっかり仲よくなった二人であった。三谷氏は松園を帰す時に、また先生を時々お誘い申し上げます、と言ったのだが、諸事情によりそれは実現しなかった。

　しかし、年月を経て二人は再会した。松園は旅の思い出などを話し、

「十糸さん、今日はまた手をつないで歩こう」

と誘った。それから間もなくして松園は亡くなった。

　女流画家の大先生も、こうして見るとひどく身近に感じられるというか、何か、いたいけな感じさえすると思うのは私だけであろうか。

　もし松園に画才がなかったら、あるいはもっと後の時代に生まれていたら、どんな人生を送っていたのだろうか。いずれにせよ、画人として松園が歩んだ道が本当に険しかったことをうかがわせるエピソードである。

　突然だが、そういう面では私はいくらか恵まれているなと今、思った。

文章は、修業もある程度は自由にできる分野だと思う。時々その場その場で厳しい批評を受けても、ためになる場所だけありがたく参考にさせていただければ成長できる。でも、絵は違うかもしれない。松園もやはり先生や他の男子門弟たちと写生旅行などにも行ったが、女の松園は体力的にもついていくのが大変だったそうである。

松園の苦労話は有名な話だけでもいくつもあるが、すごいのは、彼女がその苦労さえも作品に生かして昇華させていることである。

## 水に流す事がこんなにも人を晴れ晴れとさせるものなのか

例えば『草紙《そうし》洗《あらい》小町《こまち》』という作品である。宮中での歌合わせで、小野小町は窮地に陥れられる。小町の歌は古歌からの盗作、とあらぬ疑いをかけられるのだ。

ところが小町は、古歌の書き込まれた草紙を洗い、あとの入れ筆であることを証明し、身の潔白を示す。能『草紙洗《そうしあらい》』に取材した作品である。『上村松園』（上村松篁《しょうこう》監修・光村推古書院）のこの絵の解説には、こう書かれている。

「この晴れ晴れとした顔、草紙を洗うことによって、小町は自身の汚名だけではなく、彼女を苦しめ悩ませていた諸々をも洗い流してしまったようである。恨みも憎しみも。だから彼女は自身を窮地に陥れた大伴黒主さえ許している。洗う事が、水に流す事がこんなにも人を晴れ晴れとさせるものなのか。（中略）小町の心境は、生みの親である松園その人の心境ではなかったか。作者も様々な苦悩を乗り越え、すべてを洗い流して悟りの境地にいる。ここに至るまでの道のりの長かった事、苦しかった事、だからこそ到達した今、これほど晴れ晴れとした表情でいられるのである。世俗の塵を垢を洗い流した清々しさが感じられる画面である」

また興味深いのは、松園がこんな言葉を遺していることだ。

松園は京都・四条通り御幸町の生まれである。母親がそこで葉茶屋をしていたのだ。人々の集まるサロンのような場所だったそうで、茶を買いに来た客同士がついでに腰をすえて話に花を咲かせる。女主人である松園の母親が茶を淹れる。客の中には売れない絵描きもいれば、篆刻家《てんこくか》もいたし、桜花の研究家もいた。

その横でいつも絵を描いていた少女がいた。客人たちは彼女のために手本を描き、印を彫ってやったりもした。その少女こそが幼き日の松園だったのである。

前述した自伝『青眉抄』の「四条通附近」で松園はこんなことを書いている。

とある絹糸問屋のお嫁さんは美しかった。お菓子屋のあの人も美しかった。

「あの頃の京の町の人たちのもの静かで心の優しかったこと……」

京の町の人たちの心は優しかった。そうだったのか。京都人の冷たさは昔から有名で、昔の紀行文などにも書かれているはずだが。

もっとも、このあとで松園は、今の人にもの静かを求めるのは無理なのかもしれない。だが、優しさだけは取り返してもらいたいものだということも述べているのだけれど、これは単に思い出を美化しているのだろうか。そうではないかもしれない。

ある年、京都で、松園の功績をしのぶ展覧会が開催された。

当時の私は、職場の事情で休みがとても少なかった。またその時、正直言って私は今ほど京都が好きではなかった。犬と高年の男性に冷たい怒られ方をしたのもこの頃である。

遠くに行きたい、海外旅行に行きたいと周囲にぼやいていた。しかし冒頭で述べたように、うちから日帰りか一泊で行けて、いつもよい旅ができるところというと京都になるのだ。一人旅でも友人や家族との旅でも、接待でも、あらゆる機会をとらえて通うようにして京都へ行っていた。

その展覧会にも私は行ったのである。前日まで忙しく、疲れていた。行くとしたら、朝早く起きて日帰りし、次の日も働かねばならない。そして会場は混んでいるだろう。

そこまでして行く必要があるのか。迷ったのだが、今でも人気の画家である松園の作品展が地元、京都で開かれることはなかなかないというので、無理をして、開館と同時にかけこんだ。

そして、その甲斐はあったのである。素晴らしい展覧会だった。松園の作品を間近でまとめて見られた。松園が画才にあふれた女性だっただけではなく、精進の人であったことも知った。

## 『娘深雪』の素晴らしさ、凄さ

松園の作品の中で私が一番好きなのは、『娘深雪』である。それもあった。

この絵に描かれているのは、深雪という名の美少女である。浄瑠璃、歌舞伎でよく知られる『生写《しょううつし》朝顔話《あさがおばなし》』の主人公だ。

深雪は恋を知る。うぶな深雪の心は愛しい人のことだけに占められ、好きな琴を奏でていても心は恋人の元へ飛んでいる。

愛する人から贈られた扇をとり出し、ひそかにその面影を追っていると、ふと人の気配がした。深雪は慌てて袂《たもと》で扇を隠す。その瞬間を描いた作品である。

実はその後、深雪には過酷な運命が待ちうけている。視力も失う。しかし、この時の深雪はそれを知らない。それゆえに、この絵の娘、深雪の初々しい恥じらいが、一層けなげに見え、痛々しいほどである。

この絵から受ける感動はもちろんだが、私が松園の腕前にあらためて驚かされたことは他にもある。

この絵で深雪は絞りの着物を着ているが、よく見るとその描き方が凄い。どう凄いのか。これを読んでくださる読者には、着物にまったく興味のない方もいれば詳しい方もいるだろう。だが、今は着物にあまり興味がない人の方が多いのが現状だ。ここで読者の多数が分からないことを書くのは控えめに言っても不親切である。

絞り、絞り染め、疋田《ひった》絞りの定義については『絞り染の技法』沖津文幸著（理工学社）の情報を最優先させたうえで、同時に、あえて専門用語を使わなかった部分もあること、『娘深雪』の中で松園が描いた着物がどうして凄いのか、ということを説明するのに焦点をしぼって書いたこと、深雪の着物については、『上村松園画集』河北倫明・上村松篁監修（京都新聞社）、『カンヴァス日本の名画9　上村松園』大原富枝・馬場京子執筆（中央公論社）の解説に多くよったことを最初に理解していただけたらと思う。

絞り染めも『絞り染の技法』では「絞り染」と表記されている。だが絞り染め、と言ったほうが分かりやすいであろうから、それで統一することにする。

とにかく、絞り染め、という染色技法がある。着物にもよく用いられる。

絞り染めと言ってもいろいろな方法があるのだけれど、そのうちの一つを分かりやすく言うと、糸で布の一部を強くしばってから染める。すると、糸できつく締めた部分と、そうでない部分とで、染まった部分と染まらない部分ができる。それで布に模様をつけることができるのだ。

布につくのは模様だけではない。例えば、布のごく一部の小さな部分を、点状、もしくはそれに近い形に強く、糸で括《くく》り締め、染めたとする。

染めたあとで糸をほどくと、その先の部分の布は、粒の形をしてつんと立っている。新しいものほどつんつんしている。

絞り染めでは、そうやって布に独得のしわや、絞り粒をつくり出し、立体的な表現をもすることができるのだ。他には類のない染色技法と言われているのである。

総絞りの着物をつくる際には、専門技術者が布地のすべての部分を一粒、一粒、絞り粒が規則正しく並ぶように細かく、細かく手で括り締めていく。一粒の小ささがミリ単位になるのも決して珍しくない。慣れないと糸がカミソリのようになって手を切るそうである。

例えば、疋田絞りというやり方で総絞りの振り袖をつくるとすると、その絞り粒の数は、十八万粒から二十万粒にも達する。熟練した専門技術者でも、これを括るには一年間ほどもかかるという。本当に達人の手は神の手である。

絵の話に戻るが、この『娘深雪』で松園が深雪に着せた着物である。

資料によると、これは芦の葉と水輪模様の施された、疋田絞りの着物だそうである。前記の『絞り染の技法』という本にも、参考資料としてこの『娘深雪』の絵が載っている。また芦の葉と水輪模様の部分は一部で、主な部分には、絞り粒がびっしりと並んでいる。そして松園は、そのびっしり並んだ絞り粒の一粒一粒を、すべて描いているのである。

なんて凄い。しかし、凄まじくはない。主役はあくまで可憐な深雪だ。衣装の魅力はそのあとに来る。私も最初気がつかなかった。

また、絞りの着物というか、特に総絞りの出来たては、布地のすべての部分を括っただけあってふっくらとしていて、痩せた人のほうが似あうとされているそうである。

若い娘は、一般的にいって痩せている。ひょっとしたら松園は、娘、深雪の若さを強調するためにこの着物を着せたのか――私はそんな想像すらしてしまう。

いずれにせよ、この隠れた、けれど無駄でない衣装へのこだわり。実際にこういうものを着うる女性ならではの絵かもしれない。

「さすがは、先生やァ」「さすがやな」

ともかく、会場に足を運んでみて、ちらりとでも見ることができたのは、地元の人々が故人の松園に今なお寄せる尊敬の念の大きさだ。

主に年配の人だ。絵を見て頷き、素晴らしい、やっぱり素晴らしいとささやきあい、「さすがは、先生やァ」

と言う。

この場合、先生は「せんせい」でなく「せんせ」である。少なくとも私の聞いたのはそうだった。「さすがは、せんせやァ」だった。

さすがは松園先生や。さすがは僕ら京都人の誇りや。やっぱり素晴らしいなァ……。

あの眼差しや言葉は、生前の松園にも向けられていたのだろう。

帰りに画集を買ったところ、売店の女性が、

「朝一番に来てくれはったからよう（よく）見られたでしょ。どうもおおきに」

と言った。いつ見ていたのだろう。

こういう場面は他でもあった。京都で着物の展示会に行ったら、とある市内の一流旅館のお弁当が出た。そこで人々はやはり「さすがはA（料亭の名前）さんや」、「さすがやな」と言っていた。

それらの言葉は、私にはこういう意味に聞こえた。

『さすがは松園先生のなさったことだね。同じ京都人としてなんて誇らしい』

『京都ほど素晴らしい街はどこにもないね。どこも敵わないよ』

『難しいこともあるけれど、京都人に生まれてよかったね。あの料亭もさすがだ』

京都人というと、冷たさばかりが有名だが、もしかしたら、他にはない温かさもあるのかもしれない。

ただ、それはきっと、他の土地の人間には分かりにくいところにあるもの、何かの鍵がないと開かない扉の向こうにあるものなのだろう。

現に私は、松園があんなに尊敬されていたのと時を同じくして、同じ京都市内で犬にすらお叱りを受けていたのである。

私はそういう世界の人々を尊敬する半面、自分とは違う人々だと思う。美しいな、美しい人々だなと感心する一方で、この街では、なかなか安らぎを感じられないのである。

また、私が垣間見た限り、京都の人々は口には出さないが、自分達はこの美しい街の人間なのだ、という強い自負心を持っている。それがもの凄く美しく見える時もあれば、田舎の人の私にとっては、そうでない時もあるような気がするというのが正直な感想だ。

私とは違う価値観で生きている人々なのであろう。しかし、違うものを見下すくらいの誇りを持った人々が、不自由さにも耐えつつ、時代の流れにすら実は強烈な力で抵抗し、あの美しい街を護っているのだというイメージを私は持っている。

## 京都人は貴族か

最後に述べるが、この頃、私は京都に行っても以前ほどは嗤われなくなったし、それほどは傷つかなくなった。

できるだけ回避するようにはしているが、ほぼ毎回、チクリ、はされる。そして私が悪いのかどうか、深刻に受けとめるべきなのか悩む。この言動はどういう意味なのだろうと当惑する。そして、たいてい答えは出ない。

ただ、この前、いつものようによい思い出と小さな心の傷をみやげとして自宅の最寄り駅に私は帰ってきた。

いつもはほっとするのに、なぜかその日は、この街がひどく味気なく見えた。

こういうところに私は住んでいたのか。京都の美しい街を思い出し、京都に生まれた人はいいなと考えた。よそ者、よそ者、よそ者、よそ者と言われずに、あの美しい街の住民だけが知りうる生活の掟を知り、京都に住んでいる人がうらやましかった。

けれど、次の日になると、今まであたりまえだった自分の街の人々の親切さや気さくさが、実は非常に美しかったと気がついた。いきつけのお店の女の子の姿が輝いて見えた。その感動は数日間続いた。

そして気がついた。私はこれからも京都に通うだろう。でも、チクリ、をされても、軽いいけずをされても、嗤われても、おそらく前ほどは傷つかない。多少は仕方のないことなのだ。

彼らは特別な人たちなのである。だからといって、そうでない私が蔑まれていいことには、もちろんならない。でもそうなのだ。

京都人と呼ばれる人々は貴族か、それに類する特権階級の人々ではないかと私は考える。ともかく貴族の定義は、終身の特権があること、狭い世界に住んでいて不自由であること、誇り高いこと、同じ貴族の中でもその社会の中ではまた格づけがあること、洗練されていること、などだ。

京都人の中でも、彼らの中では、うちの一族は何百年も前からここに住んでいるだとか、いやうちはもっと昔からで先祖はこうだ、などという張り合いと格づけがあるそうだ。

それに、貴族というか、そういう人たちには、周りからこうあってほしいと勝手に課せられる期待という名のいろいろな仕事がある。

その中で最も報われない、かつ美しい仕事は、自分と他人を同じくらい敬おうとすることではないかと私は思う。

本当に無責任かつ勝手な期待である。けれどいずれにせよ、彼らはなんらかの特権階級に属する人々であるけれど、そうではない私が蔑まれていいということにはならないのである。

また、これは数人から聞いたことだが、京都に長く住んでいる人はあえて親密な近所づきあいを避ける場合が少なくないそうだ。

ここ以外の場所には住みたくない。でもそうすると、同じ場所に住む人々とのつきあいが何百年と続く場合もある。近所と深い関わりを持って、ずっと仲がよければいいが、トラブルがあった時に逃げる場所がないからという。

ともかくそれから街を注意して見ると、ここもきっと古くて狭い世界なのだろう、と思える場所がたくさんあった。

美しい鴨川を背にして、コの字のかたちに並ぶ家々。私の知る旧城下町にも、ちょうどこういうところがある。こういう場所は景観がよいが後ろが行き止まりなので、これらの家々に住む人は、世帯は違っても、通りぬけのできない場所にある一軒の大きな長屋に住んでいるようなものなのだ。

うまくいくと、親戚がそばにいるようで助かるし、楽しいかもしれない。だが些細な言動もすぐに知れるので、プライバシーはあまりない。

考えてみれば、私を含む観光客は、結局は京都市民の方々にいろいろな迷惑をかけていく。不自由さにも耐えてこの街を護っているのは彼らである。

観光客はお金を落としていっても、その人たちに届くとは限らない。そして彼らと本当の苦しみをわかちあうことは、たぶんない。

そんなことを考えているうちに、チクリ、が前ほどは気にならなくなったのである。

# 私も秘密を守る

それは別にしても最近こう思う。私が安らぎを感じるのは、やはり自分の街や奈良のような場所なのだ。でも、これからは京都の美しさや文化の素晴らしさに感嘆させられるばかりではなく、自分を尊重した上で、京都の方々を少しずつでもいいから、いつかもっと好きにならせていただけたらいいなと。

だから私は、この作品を書き終えたら、特別な理由がない限り、京都のことをできるだけ書かないようにする。

それが私にとっては一番よいことなのだ。何かあって、お役に立てるようなら別だが、少なくとも私は、まだこの奥深い街の美について、自発的には語る資格がない。

また、今のところその種の嫌な思いはしたことがないが、ああいう美しくも狭い世界、不自由な環境で生きる人々にとって、私のような立場の人間は、嫌悪の対象でこそないだろうが、いつか煙たい存在になりうる場合もあるのではないかと思っていた。

ただ分かっていただきたいのは、私は書かせていただく対象、読者の皆様、私自身を少しだけ幸せにできたらと願いつつ文章を書いている。しかし、こういう街は特に書くのが難しい。

京都がこれほど奥深く美しいのは、たくさんの秘密があって、人々がそれらを守っているからだ。

最近も非常によい場所を教えてもらったが、なぜそこがそんなに美しいかというと、私が一生そこを書いてはいけないくらい、秘めやかな世界だからなのである。

大げさに言っているのではない。死ぬ前に書き残すのも駄目である。実際、その話はほとんど本にも載っていないようだ。

私も秘密を守らなくてはならない。京都の人々が本当に長い間、協力して護ってきたそんな世界をぶち壊すのは、人道的にもしてはならないし、そういうことは結局、誰のためにもならない。しないほうがよいのである。

繰り返すが、今後、私は特別な理由がない限り京都のことは書かない。相手をできるだけ大切にすることは、実は自分の身を守ることでもあるからだ。人の生存本能はそれほど複雑で怖い。

だから、いつか私を京都で見かけても、私が迷惑をかけない限り、どうかそっとしておいてほしい。私はきっと無害である。

それでも、自分のせいではないのに嫌な思いをさせられたら、私はあなたの目を見て、こちらはあなたを尊重しようとしていたのですよ、という思いを込め、嗤うぐらいのことはするかもしれない。それで十分だ。馬鹿なことはしない。

京都以外のどこかで私を見つけても、できれば、どうかぜひ、そうしてほしい。

これを読んだ方々の感想はさまざまであろう。だが確かなことが一つある。京都に限らず、桜と紅葉に限らず、その街のものはその街の人々のものだということである。きれいな街並みや庭園があるのは、誰かがそこを地道に掃除し続けているからである。

東京の女性を案内してから、もう数カ月が過ぎた。もうすぐ桜の時期である。

私は今非常に忙しい。今年の花見は近場でさっとする程度になりそうだ。

もし京都にいらっしゃる人がいたら、私のかわりに素晴らしい桜を見てきてくださいませ。見ごろだといいですね。そして私がいつか、枝垂れ桜の満開を見られるよう、祈ってくだされば幸いです。

# 奈良　美しい言葉を話す人々
# また　いにしえの都の美しい人々について

## なぜこんな美しい言葉があるのか

前章で、京都とそこに生きる人々を、私なりにではあるが絶賛させていただいた。無論、あれはすべて私が本当に感じたことである。

けれど奈良の人がこの本を読んだ時、浮気者と怒られるかもしれないのが怖い。また世間の人々に、今よりさらに奈良のよさを知ってほしいという願いが私にはあるので、ここで奈良を讃える文章を書かせていただけたらと思う。

その前に、私がなぜ関西、特に奈良と京都に憧れを持っているのかを述べておいたほうがよいだろう。

まず、ありきたりな理由になるが、私は旅が好きだ。言うまでもなく奈良と京都はかつて日本の都であった。古都としての歴史があり、観光地として魅力的だからというのはどうしても否定できない。

しかし観光地として魅力的な場所なら他にもある。全国の小京都といわれる場所も、その土地の人々にとっては都だ。

沖縄に行った時に思ったことだが、独立国だっただけあって、実際に訪れてみると、期待以上の歴史があることに気づかされ、感嘆させられた。

各地の博物館の展示では、沖縄文化の他の日本の地域より優れた点、また本州にいると知らされない歴史の暗部の詳細な話を読むことができ、これは忘れてはいけないことなのだと身につまされた。

深い歴史と文化は、実は日本中の、いや世界中のどこにでもある。見え方が違うだけだ。

ただ、分かっていても、関西へ行くといつ来てもやはりいいものだと思わずにいられない。

どうしてなのか、その理由は自分でもまだすべては知らない。ただ確かな理由の一つは、私が彼らの話す言葉を好きだからである。

いわゆる関西弁である。もっとも、厳密に言うと関西弁という言葉は存在しないのだそうだ。

関西の中でも、地域によって微妙なようで実は大きな違いが言葉にもあることは、たまにではあるが、これなのだな、とうかがい知ることがある。

ただ、これだけは譲れない。私は主張する。関西人と言われる人々が使う、「はる」という言葉は非常に美しいということである。

「はる」とは何か。あえて端的な言い方をすれば、これは語尾につける敬語で、「誰々さんが、何々をしはる」というふうに使う。

強いて標準語にすると、誰々さんが何々をされる、ということになるのかもしれないけれど、どうしても違うと私も思う。

とあるご夫婦の会話でこういう言葉を聞いた。詳しい内容はプライバシーの侵害になるので割愛するが、よその人がなぜかその奥さんのしたことを不快に思い、事実とは違う理由をつけて非難した。

それを本人ではなく旦那さんに、私が嫌な思いをしたってあなたの奥さんに伝えておいてくださいね、と言ったのである。

それを旦那さんの口から聞いた場面に、私がたまたまいたわけなのだが、奥さんは当然憤慨して、

「うちがそんなこと、でけるわけないやん。あんたもなんで言うてくれはらへんかったの」

と、旦那さんを責めたのだった。

これも強いて標準語に訳すと、私がそんなことできるわけないでしょう、どうしてあなたも言ってくださらなかったの、としたくなるが、やっぱり違うように思う。

まず、この訳自体が山の手の言葉になってしまうのではないか。このご夫婦はよい家の人々だったが、「山の手」を『岩波国語辞典』で引くと、高台にある屋敷町の区域、のあとに、「特に、東京旧市内の高台の住宅地を言う」とある。

ともかく、この訳そのものが、標準の言葉と少し違うことになるような気がする。

さらに「あんた」と言っている。あんたもどうして言ってくださらなかったの、という日本語はおかしい。でも彼女は同時に、言うてくれはらへんかったの、と敬語を使っている。自分の夫にである。

自分の夫に「あんた」と言いながら敬語を使う。これを完全に標準語に訳すことはできるのだろうか。

このあたりについては趣味あるいは職業として、それこそ人生を捧げて詳しく調べている人が絶対にいるはずだ。

私ごときが断言するのは不遜であるし、正直言ってその人たちの槍玉に挙げられたくないので、どうなんでしょうね、と言う程度にとどめておくが、標準語では成り立たない、独特のものの言い方が関西にあるのは事実だろう。

もともと私は敬語が好きだ。字のとおり、人を敬う美しい言葉だと思う。

もちろん、敬語を使っていても本当に相手を敬っているとは限らない。これはどこでも同じだ。

また、標準語で敬語を使いすぎると、距離をおいているというか、よそよそしい、冷たい、あるいは気どった印象を与えるのも事実だ。私も、「敬語使うの、やめてくれない？もっと仲よくなりたいからさ」と言われたことがある。

だが、人が発する言葉には絶対ではないにせよ馬鹿にできない力がある。それはその人の心が、少なくともある程度は、込められているからだ。

だから私は関西で、人々がなにげなく、しかし多用している「はる」を聞くと、なんてきれいな言葉を使う人たちなのだろうと思う。

ここでは、あの人も、あの人も、いちいち人を敬う言葉を使っている。下町の人もそうでない人も、人を言葉で敬う。

ああ、また敬った、また敬った。相手を責めていても、嫌っていても、蔑んでいても、言葉では一応敬う。親を、友達を、伴侶を、自分に近しい大切な人を、それでも改めて言葉で敬っている。

彼らにとってはあたりまえのことなのだろう。でも、私にはその光景は美しいと思えてならない。

また私は一生、この「はる」という言葉を自分のものとして使うことはできない。だから余計にきれいだと思うのかもしれない。

## 四百余年の無駄な竹井家の歴史が、今、初めて役に立つのかもしれない

実は私の生まれた地域の言葉は、本当にぎりぎりではあるが関西圏なのである。その街の端に大きな川があるのだが、そこの川を越えると、人の話す言葉のアクセントが関西圏からそうでない言葉のそれにがらりと変わるらしい。

まさに関西圏の果て。少なくとも言葉においてはだ。

全国的に見てもこういう地域は珍しいのだそうで、あれほど何もないところに学者が調べに来たこともある。

しかし、その街の人々の言葉は、アクセントは関西圏なのだろうけれど、いわゆる関西弁とは違うのである。

例をあげてみよう。「ラジオ」である。標準語では「ラ」の部分にアクセントがつくのに、ここの言葉を使う人々は「ジ」につける。それでも関西弁とは違うのである。

私の知っている人の一族は、少なくとも四百三十余年前にはもうこの街に住んでいたという恐ろしいほどの地元人である。

しかしその人は、よその人には関西の方ですか、と言われるのに、大阪に行ってこの言葉でしゃべると馬鹿にされると嘆いていた。

「あんた、田舎もんやろ？　せやないかと思うてたわ」

「やっぱ、うちらとちゃう（違う）なあ」

などと言われるのだそうだ。

私もそう思う。何が違うのかは分からない。声の出し方なのか、微妙な言葉の使い方なのか、とにかく違う。いわゆる関西弁の方が、濃口、もしくはしっとりとしているようにも感じられる。

そしてこの街というか、この地域の人々の言葉では、「はる」は使わないのである。

これも私は専門家ではないので断言はできないが、絶対に使わないと言っていいと思う。

私の父方の一族、つまり竹井家の人々も、四百余年前にはこの地域に住んでいたという地元の人々である。しかし、ただ住んでいただけで、偉いことは何もしなかったようだ。その頃からこの地域に住んでいた、と言っても、もの凄く感心してくれた人は今までいなかった。

だが、四百余年間、ひたすらに、平凡に、この地域に住み続けてきた竹井家の歴史がここで初めて役に立つような気がする。そんな一族の私の父ですらも、

「『はる』っちゅうのは、関西弁やで」

と言うのだ。どうだ、参ったか。

さらに、私の母は関東の出身である。私自身はその街に生まれ育った人間だが、他のことにはおおよそ鷹揚な母が、なぜか子供達の話す言葉だけにはひどくこだわり、標準語を話すように、と言い続けた。

私の母は非常にのんびりとした人である。友人にも、「夙ちゃんのお母さんって怒ることあるの？」と訊かれるくらいの人だ。

そういう人が、なぜ子供の話す言葉だけには執着したのか分からない。地元の言葉を好きでないわけでもない。父や、友達の言葉はニコニコして聞いている。それなのに、私と兄がその言葉を使うのは駄目なのである。

ともかく母は、私が地元の言葉を使うと、ほぼ必ず、そして時には逼迫《ひっぱく》した様子で、

「ああっ、違う、違うのよォ」

と直した。

テレビを見ていてアナウンサーのアクセントが違うと、「ああ、今、この人、間違えたね……」と、この場合は、いつものようにのんびりと言う。言うだけでテレビ局に抗議したりはしない。

それでも我が家の茶の間には、なぜかアクセントも調べられる国語辞典がある。時々私はそれを引くが、母のほうが間違っていたのは今まで数回だけだった。

## 私の無駄な特技

そういうわけで私には、地方出身者にもかかわらずほぼ完全な標準語を話すことができる、という無駄な特技があるのである。山の手でも下町でもない、標準の言葉だと思う。ほぼ完全な標準語を話すことができる。だが、これも私にとってはなんだと言うのか。この特技は、今のところ私に大きな利益はもたらさなかったようである。

学生時代、上京する際に、母は、

「うちは何もできなくて申しわけなかったけれど、言葉だけは教えたからね」

と、とても真剣な顔で言った。

確かに東京でも「どうして全然なまってないの?」とか、「流暢な標準語だね」などと言われたが、今どき標準語が分からない子供はたぶんいないであろうし、地方から出てきた人々も、東京にいれば、皆、数カ月で方言は直ってしまう。

こう言うと母には本当に悪いのだが、あんなに頑張ってくれなくてもよかったのではないかと思ってきた。

私はこれを誰にも言ったことはなかった。けれど、書くと母も読むであろう。

今回、母にできた分の原稿を読んでもらって、書いてもいいかと訊いた。そして思いきって、

「どうして私たちの言葉にあんなにこだわったの」

と尋ねてみた。何か深い理由があるなら訊かないほうがいいのかと私なりに悩んでいたのである。

母は原稿を一生懸命読みながら、顔も上げずに、

「気になる」

とだけ言った。そして、テレビのアナウンサーも時々間違っているわよねと呟きつつ、読後に感想をくれた。

ともかくそういうわけで、私が標準語以外の言葉を話すことは、おそらく一生ないのである。

方言は、聞くのは分かる。会話をしていると多少つられることもある。特に地元ではできるだけその場に合わせる。また、他人が話していた言葉を復唱するのはできるのだが、それ以上はどうしても無理だ。

方言なら方言で完璧にきめると独得の魅力がある。しかし、私にはその細かなアクセントが分からない。中途半端な言葉を話すのが嫌だ。少なくとも私は完璧な方言でスピーチができない。だからこれでいくことにする。

それに、この言葉は母が私にくれた贈りものだ。私が言葉を変えてしまうと、その贈りものを捨てることになるので、よほどの理由がない限り、私が「はる」を使うことはないのである。

そのかわりに、いつまでも「はる」という言葉を美しいと思うことができるだろう。あるいは私の話す言葉も、誰かにとってはきれいに聞こえるのだろうか。自分ではどうしてもそうは思えない。

私にとってこの言葉は、自分の吐く息と同じだ。呼吸ができるのは大変ありがたい。けれど、きれいなのかそうでないのかは、まず分からないのである。

それはたぶん、私の言葉を聞く人々がそれぞれの趣味やその時の心境にあわせて、勝手に決めることだ。どちらにせよ私が偉いわけでもなければ悪いわけでもない。これも不思議だ。

それにしても本当に長い前置きになってしまった。もう前置きとは言えないような気がする。だが、私が関西弁と言われる言葉を美しいと思うのは、十分に分かってもらえただろう。

## なぜ奈良が一番好きなのか

私は関西に憧れがある。そして個人的に一番好きなのは奈良である。けれどなぜ好きなのか。

奈良は千三百年前に、唐の長安にならった大規模な都がおかれた場所だ。平城京である。以後、都が平安京（京都）に移るまでの、約八十年間を奈良時代という。日本で初めて本格的な都がおかれた場所だ、と言ってよいだろう。しかし、奈良時代は、非常に長く続いたのではなかったわけだ。だから京都は千年の都であり、奈良も東京もそれには敵わないという人もいる。ある面では本当にそうなのである。実際、あれだけの歴史があって、今でも都市であり、その規模と文化を保ち続ける街は、世界でも珍しいそうだ。

私が京都を美しいと思わなかったことは一度もない。でも、奈良のほうが好きなのである。なぜなのか。

自分でも最近まで疑問だった。けれど意外なことがきっかけで分かった。

去年、友人が外国で結婚した。その際、親族の方々とご一緒させていただく機会があった。友人には六人の甥、姪がいる。皆、性格のよい子だった。私は久しぶりに子供の集団を見た。面白いなあ、可愛いなあと思って彼らの言動を見ていた。

その少年少女達は、下は九歳で上は十八歳だった。

一番上の少年は大学に入ったばかりだった。彼は入学式のあと、黒髪を栗色に染めたそうである。きっと大学生になれたのが嬉しかったのだろう。その彼が、

「俺、もう、ガキじゃねえーぇしィ」

と、もの凄く得意げに言った時、思いがけず私は長年の疑問の答えを知ったのである。

人は誕生し、成長し、成人し、成熟し、爛熟《らんじゅく》し、いつか死ぬ。

国や都市にもそれぞれの時期があるなら、奈良時代はいわば私たちの国が、成人した時だったのである。

やっとこの国にもこんなに大きな都ができた。大陸との交流もある。海の向こうの世界とのつながりができたのだ。試行錯誤の苦しさはあっても、人々はどんなに嬉しかっただろう。

自分は若い、そして大人になれたという素晴らしい喜び。その短い時代がここには凍結

されて残っているのだ。

私は当時の大陸文化の影響を強く受けた歴史的建造物を訪ねるのが好きだ。宮廷の人々の栄華をしのぶのも好きだ。再現された衣装を自分も欲しいと思う。彼らが実際に使っていた道具を見るといつでも感激する。

異国情緒を感じられるから、というだけではない。その時代の人々の声が聞こえ、気持ちが感じとれるような気がするからだ。

『あの人たちは自分より優れているのだから見習わなければ』と、大陸の人々の文化を敬う心。もっとよくなりたい、成長したいという気概。けれど彼らの遺したものをよく見ると、単なるものまねには見えない。この仕事の細かさは、この国の人のものならではでなかったか。

いずれにせよ、古拙《こせつ》と洗練、矛盾したものが入りまじる、この時代の独得の文化が好きだ。

『万葉集』にこんな歌がある。


多摩川に曝《さら》す手作《てづくり》さらさらに何ぞこの児《こ》のここだ愛《かな》しき

『万葉集』には天皇、皇族の人々の歌もたくさん載せられているが、これはそうではない。東歌である。

東歌と呼ばれる歌は、ほとんどが東国の民衆、主に農民の歌である。作者名や成立年代も伝えられない。

中心の人々にとって、彼らは、地方で働いて自分達に貢物をもたらす、一番遠い存在であっただろう。名もない民の歌。これもその一つである。

通釈すると、「多摩川で曝す手織りの布のように、さらにさらにどうしてこの娘《こ》がこんなにひどく可愛いのであろうか」という意味になるらしい。だが、私の読んだ解説にもあったように、この歌にはもっと深い意味があり、高い技巧がこらされている。

古代、多摩川流域は麻布の生産地であり、それは中央に調《ちょう》、つまり貢物として納められていた。

農民は麻を織って布を作り、多摩川の水で洗って日に干し、白く曝したのである。この単調ではあるが、長時間流水に漬かって労苦の多い日々の労働の現実を叙し、枕詞にしたのが「さらさらに」である。またこの言葉は「愛しき」を修飾し、さらにさらにと、恋人への慕情を強調するとともに、清流の中で織布を洗う音を髣髴《ほうふつ》とさせる。

そして「愛し」は「いとしい、かわいい」という意味だが、愛情の中でも特に性愛を表し得る語でもあるそうだ。

回を重ねていくら逢っても、ますます愛しさがつのる。どうしてこんなにこの娘が愛しいのか。

寒風の中で厳しい労働に身をおきつつ、恋人を思う男の歌だという解釈ができる。

いずれにせよ、私はこんなに純粋な愛情を素直に詠ってくれた、無名のこの男の人が本当に好きだ。この歌を評価し、今に遺した人に心から感謝する。これほど美しい歌はないと思う。

# 美しいものは、すべてここにある

いつだっただろうか。奈良県の橿原《かしはら》市に宿をとったことがある。橿原は神武天皇が即位した土地だというところだ。

ホテルの窓から外を見た。もう季節も憶えていないが、時間は確か午後の日が傾き始めた頃だと思う。ともかく、あの感動は一生忘れられない。

平地の向こうに低い山々が連なっている。それだけのはずの景色が非常に美しかった。正確に言うと、この平地は山ぎわにあるとは思えないくらいに、見事に平らかだった。その平地に突然、なだらかではあるが、たくさんの山が立つ。山々の色は、近くがむせかえるような生命力にあふれる濃い緑なのに、遠くはなぜか澄んだ海のように冷たく、蒼かった。

大地は明るかった。田畑の一部は金色に輝いている。しかし空を見上げると、その日は曇りだったのである。

太陽は確かにとぎれとぎれにではあるが顔を出してはいたものの、すぐ消えてしまう。

おかしい。このように眩しい光が地上におりてくるはずはない。

さらに、このあたりは控えめにいっても決してにぎやかな場所ではないが、田舎びてはいない。あくまで静かだ。空気が澄んでいる。とにかくひたすらに美しい。

まただ。この景色も矛盾している。どうしてこんなに美しいのか必死に考えたあげく、こう気がついた。

何かが、一番平らかで美しい地はここだと決めたのである。それだけではもの足りなかったので、海から、一番美しい時間に止めたさざ波を持ってきて平地のそばに置いた。それが実はあの山々なのである。

平らかすぎる平地、あるはずのない海、空が鈍く光っているだけなのに大地が眩しく照らされているのも、現実のはずのこの景色がこれほど美しいのも、その何かが、そうしたいと決めたからなのである。

その不可思議な光もいつまでもあるわけではない。いつでも陰る。しかし、こちらが願った時、予期した時、あるいは諦めた時にまたさし込んでくる。いずれにせよ山に落ちた影は微妙な濃淡を見せて、いつも複雑で美しい。

私はその時、美しいものはすべてここにあるのだと改めて思った。

以前から気がついていたのだ。奈良では里が鄙《ひな》びてはおらず、磨かれたようだ。そこに非常に歴史の深い、洗練された寺があったりする。境内はちり一つない。古都の底力である。それでも人々はだいたい親切で謙虚だ。

もちろん、都であった頃には醜い争いもあっただろう。しかし、彼らの罪はもう清められてしまったのだ。千年以上前の人々のあやまちを今の誰がとがめられるというのか。

現代人は彼らの功績を讃え、日本に初めて咲いた都の華やぎをしのび、愛する権利があると私は思う。少なくとも、私にとって奈良はそういう場所なのである。

ちょうど奈良では、今年、二〇一〇年に平城京への遷都千三百周年を迎えることを記念して、さまざまな行事がある。

ただ、地元の人々が言うには、観光客が増えたのはありがたいものの、なかなか拝観料以外のお金を落としていってくれないということである。近くに泊まって、奈良には日帰りで来るからである。

貴重な時間をついやし、お金を払うのは私ではないし、まして結局は部外者である私が観光客の方々に文句を言う権利がないのは分かっているのだが、奈良が困ると私は悲しい。それに、奈良は日本の貴重な財産の一つなのである。

奈良がすたれたり、なくなったりすることはないだろう。けれど、どんなものでも、古くて貴重なものを維持するには非常にお金がかかるのである。

これを読んだ皆様、拝観料だけでなく、できればどうか他のお金も奈良に落としていってくださいませ。今ではいろいろな情報がインターネットなどで手に入りますから、調べてみるのもいいかと。泊まりがけの旅行も、独得の静けさを味わえていいものだと思いますよ。

以上である。ああ、本当に疲れた。自分にとって特別なもの大切なものを書くのは、余計に疲れると実感しました。

## 黒澤明　人の心の複雑さを美しく描けた人
## 三船敏郎　この世で一番美しい人

### 私は黒澤をなんと呼ぶべきなのか

これを書く際に、文中で彼をどう呼ぶべきか本当に迷った。有名人はこういう時はたいてい敬称略であるが、私はいかなる場合もこの人を黒澤、黒澤と呼び捨てにするのにどうしても違和感を覚える。私がこの世で一番尊敬する、この芸術家の名前には、何か敬称をつけたいのだ。

しかし、私が「黒澤先生」と言ったらなんだか変である。故人なのだし、生前に面識があったわけでもない。

この人の顰《ひそ》みに倣《なら》うつもりはないのだけれど、敬称についてのいろいろな資料を調べ、悩み、それだけで二週間も過ぎてしまった。これではいつまでたっても始まらない。

ちなみに、私はこの人について話す時は、不自然でない範囲で「黒澤監督」もしくは「監督」と呼ぶようにしている。

これならそう変でもない。しかし、文中でいちいちそう書いたら、それもおかしいではないか。

だからやっぱり呼び捨てになるのであるが、黒澤、もしくは黒澤明と書くことにする。なんとなく、すみません。

他の方々もそうなってしまうのだけれど、黒澤のご遺族だけは敬称をつけて書かせていただくことにする。

黒澤明（一九一〇～一九九八）は日本を代表する映画監督の一人である。

ちなみに今年は二〇一〇年、生誕百周年にあたる。

今でも世界的に有名な日本人の一人でもあるが、世界的に名を知られた人だけが偉いわけではもちろんないし、黒澤だけが偉い、と言うつもりもない。

人やものごとの価値をそういう風に決めるのは、少なくとも横暴だ。

また私自身、あまりに有名なので、映画を観るまでは黒澤を誤解していたところがあった。

私は、彼の晩年の頃に、地方の小さな街で生まれ育った。黒澤とその映画を好きになったのは亡くなってからだが、それでも、もの心ついた時には、名前と彼がどういう存在であるのかを知っていた。しかし、そのイメージは今考えてみれば偏っていたものだと言わざるをえない。

それについて触れる前に述べておかねばならないが、私はとてものどかなところで生まれ育った。田園が広がる中に人家が点在し、遠くになだらかな山々がかすんで見える。こう書くと私がとても美しい場所で育ったように思ってくださる読者もいるだろうが、残念ながらそれほどでもなかった。

自分の故郷だから好きである。ただ、はたから見ると特別きれいな場所ではなかったかもしれない。

そんなに遠くないところに工業地帯があるのと、交通量が多い国道が交わる場所だったせいもあり、わりと無機質なところだったなという印象がある。遠くに山がかすんで見えるのも、空気が特別汚くないかわりに澄んでもいなかったからかもしれない。そして不便だった。あの頃、一時間に一本あるかないかだったバスも、今は日に数本だけである。

だから今思えば、幼かった頃の私が、黒澤とその作品に接する機会は非常に乏しかったわけである。

インターネットは普及していなかった。新聞はまだ読めない。映画のビデオが近所でレンタルできるようになったのは、私が小学校高学年になってからである。街に小さな映画館はあったものの、娯楽性の高いアメリカ映画以外はほとんど上映されなかった。

私がこの街以外で起こる出来事を知る手段は、本かテレビにほぼ限られたのである。そして、黒澤は自分の作品がテレビで放映されるのを、控えめに言ってもあまり好まなかった。

だから、ある程度の年になるまで、私は黒澤の作品を観たことがなかったというか、観る機会がなかったのである。

それでも、なぜか名前と、どういう存在であるかは知っていた。

クロサワアキラ――あの、とても怖くて、とても偉いおじいさん。それが私が、黒澤についで知りうるすべてだったのである。

しかし、そのイメージは偏っていたと同時に、ある程度はあたっていたわけである。なぜ当時の私はそれを知りえたのだろうか。考えてみれば非常に不思議だ。

たぶん、それだけ黒澤とその作品における完璧主義者ぶりと、厳しさは有名だったということなのだろう。

黒澤映画に『赤ひげ』というのがある。主人公は、赤ひげと呼ばれる江戸時代の小石川養生所の医者だ。そしてセットで赤ひげの部屋の後ろにある薬箱の引き出しは、その必要がないにもかかわらず、全部開くようにできていた、という噂がある。

もっとも、美術監督の村木与四郎は『黒澤明の世界』(毎日新聞社)で、この話に関して、「噂も本当に思えてくる。実際にはそう作ってなくてもですよ」と語っている。

だが、私の父は映画自体をほとんど観ない人なのにこの噂を知っていて、さらに、「黒澤は、その引き出しを開けて『おいッ、何も入ってねえじゃねえかよッ』って怒鳴ったらしいなあ。カメラに映るわけでもないってのにな」

と、話していた。

噂話にまた尾ひれがついている。とにかく、こういう人間でさえ、それらをどこかで聞いていたということなのである。

## あっけない運命の出会い

私は中学生になり、初めて黒澤の映画を観た。

私にとっては運命の出会いである。しかし、現実の出会いというのは、とても劇的な時もあれば、案外あっけないこともある。私と黒澤の出会いは後者であった。

それは『乱』であった。ビデオになってから、私はそれを自宅で観たのである。

この映画はシェイクスピアの『リア王』をベースにし、舞台を日本にした時代劇である。黒澤の時代劇で予算も大きかったことから、大変話題になったことを憶えている。

城が燃えるシーンがあるのだが、その城のセットは四億円もの費用をかけて、本物同様に造られたものだった。本瓦を使ったから目方も凄かったという。

もっと凄いのは、この城は燃やすためだけに造られたものだったことである。消防車が入れない場所に建てられたので、その後三日間燃え続けていた。

それで初めて黒澤映画を観た感想はというと、正直言って、当時の私にはよく分からなかったのである。

この映画はアカデミー賞四部門にもノミネートされた。アカデミー賞ばかりが偉いのではないが、受賞したのは衣装のワダエミだけであった。

大変短絡的な意見で、今では口に出すのも恥ずかしいのであるが、偉い人のはずなのにどうして受賞できなかったのであろうか、だから私はこの映画を面白いと思わなかったのだろうか——という偏見があったことはいなめない。

自分のことだからこういうふうに言わせてもらうが、子供というのは時折、これほど素直で馬鹿なものである。

私は去年『乱』をもう一度観たのであるが、こんなに素晴らしい映画の価値をどうしてあの時の私は分からなかったのだろうと、また不思議であった。

私は十三、四歳だったはずである。難しい本も少しずつ読み始めていた。それでもこの映画を理解するにはあまりに若かったというか、幼かったのだと思う。

この映画の主人公は一文字秀虎（仲代達矢）という。戦国の世を生きぬいた猛将であるが、その秀虎ももう老いた。そこで三人の息子に家督を譲るのである。

本人は三人の城を客人として交互に訪ね、隠居生活を楽しむつもりだったのだが、権力の座から降りたとたんに、可愛い我が子達がそれぞれの本性を現していく。

その怖さと、それを表現できた晩年の黒澤の力量が、当時の私には理解できなかったのだろう。

黒澤が、自分をさしおいて受賞するかたちになったワダエミを逆恨みすることなく、祝福していたことも、まったく知らなかった。

## なぜ私は黒澤の言葉を曲解したのか

そして黒澤に関する私の記憶は、また飛ぶ。

次の記憶は、一九九〇年に、八十歳の黒澤がアカデミー賞で特別名誉賞を受賞したところである。

私はそれをテレビで観ていたのである。その番組を観たのはアメリカ映画が好きだったからで、他に理由はなかった。

黒澤はこの時、壇上で、

「私はまだ映画がよく分かっていない」

と言ったのである。

これがもし天国の黒澤に聞こえたなら大変申しわけないことであるが、その頃の私は、前述のように、黒澤はとても怖くて偉い人というか、正直に言えば、偉いけれど冷酷で傲慢な人だと思っていた。

だからであろうか、こういう人はやっぱりうまいこと言うもんだな、と大変ひどいことを思ってしまったのである。

それにしても、これが曲解でなくてなんであろうか。それとも、いちゃもんと言うべきか。言いがかりか。黒澤が何を言っても私はきっと悪いほうに解釈したに違いない。

黒澤は私に何も悪いことをしなかったのに、なぜ私はこんなことを思ったのであろうか。

最近、その理由を知った気がする。こんな話を読んだからである。

昔、あるところに人の声を聞くとその本心が分かる、という人がいた。

その人が語るところによると、多くの場合、人間が、他人の幸せに、

「おめでとう」

と言っている時、その裏では、

『不幸になったらいいのに』

という声が聞こえるそうである。

そして他人の不幸に、

「お気の毒に」

と言う時は、『嬉しい』と聞こえるらしい。

相手との人間関係があるかないかによっても変わってくるだろうけれど、サイコホラーのような話だ。ともかく、嫉妬心は誰にでもあるということ、悪意の目で見れば白いものも黒く見えるということなのだろう。

私はあまり妬み深くない性質だと言われる。そうかもしれない。もし他人が私より優れていても、その人が悪いわけでなければ、私とは関係ないとたいていは思う。

けれど黒澤のコメントを聞いていた時、私の心の裏の声は、ひょっとしたら、

『あのクロサワ天皇か。あの映画はよく分からなかったけれどなあ。今度はアカデミー賞で特別名誉賞か。不幸になればいいのに』

と言っていたのだろうか。ともかく私には、その種の複雑な気持ちがあったため、黒澤の発言をわざわざ曲げて解釈していたのだと考えられる。

それが私が聞いた、今でも記憶に残る、唯一の黒澤の生前の言葉でもある。

それから、私の記憶はまた飛ぶ。

黒澤は一九九八年に八十八歳で亡くなった。私は二十五歳だった。国内外で大きく報道されたそうだが、なぜかまったく憶えていない。

皮肉なことに、私が黒澤に興味を持ちだしたのはその直後らしいのである。

## 『生きる』を生きて

これに関しては確かめるすべがないのだが、ひょっとしたら追悼の企画でもあったのかもしれない。とにかく私はある日の昼、一人で家にいた時に、たまたまテレビでやっていた『生きる』を観たのである。

映画はこう始まる。まず画面いっぱいに、とある人間の胃袋のレントゲン写真が映る。そしてナレーションが入る（注・文中のカッコ内のナレーションおよびセリフは、すべて東宝のレンタル用ＤＶＤの日本語字幕から転記したものです）。

「これはこの物語の主人公の胃袋である　噴門部に胃癌の兆候が見えるが　本人はまだそれを知らない」

次には、背面にうずたかく書類が積まれる中、背中を丸くして書類の処理をし続ける中年男の姿が映る。机の上を見ると、「市民課長」とある。彼の役職名なのだ。

これが主人公である。市役所に勤めている。あとひと月で三十年間無欠勤の記録を作れるところだ。昼食は、おそらくは一番安いからであろう、いつもうどんかけで、汁もきれいに飲んでしまうことも知られていて揶揄の対象になっている。

そして前述のように、この男——名前は渡辺勘治（志村喬）というのだが、あえてそう呼ぼう——は胃癌なのである。自分はこれから死ぬ、と知ってしまった。

彼は男やもめで、息子夫婦と同居している。病気のことを打ち明けようとしたのだろう、息子夫婦の部屋で明かりもつけずに帰りを待っていると、自分について話している息子夫婦の会話をすっかり聞いてしまう。

息子は自分のことを「小役人」と言う。私たち二人だけの家を持つにはどうすればいいのか、そのためにお父さんにお金を使わせるにはどうしたらいいか、と二人は楽しげに話す。主人公は部屋を出て行く。

主人公は自分の人生を振り返る。実は妻が死んだ時、再婚をすすめられたが、この男は断った。

子供がかわいそうだったからである。しかし、今の息子にとって自分は必要のない人間なのだ。

そして、この男は死ぬにあたって、自分の人生を見つめなおすのである。

この作品は、『黒澤明の世界』（毎日新聞社）によると、カンヌ国際映画祭、ヴェネチア国際映画祭と並んで世界三大映画祭の一つに数えられる、ベルリン国際映画祭で1953年度のシルバーベア賞を受賞している。もちろん、私は知らなかった。

予備知識もなく、大変失礼ながら主人公に魅力を感じたわけでもなく、ただ偶然テレビをつけたらやっていたから観たこの映画に、私はただひたすらに感動した。

真面目に働き続けているのに褒められず、憎まれてこそいないがどこか軽んじられ、妻に先立たれ、再婚もせずに子供を愛し、その子供にすらもう不要とされ、誰からも尊敬されず、胃癌になってこれから死ぬこの男を、どうしてなのか、私はどうしても蔑むことができなかった。

私は二十代なかばの健康な未婚の女で、子供もいなければ大病をしたわけでもなかったのに、なぜかこの男の気持ちをすべて理解することができた。そして泣き続けた。この男が死ぬことが、ただ、ただ悲しかったからである。そして今、これを書いていても、とめどなく涙が出てくる。

なぜなら私は、あの時、一本の映画を観たというだけではなく、自分とはまったく違う一つの人生、『生きる』の主人公の男の人生を生きたからなのである。この男の人生は前世の体験と同じに、私の一部としてどこかに刻みこまれたのだ。

なぜこのようなことが起こりえたのであろうか。私はただ画面を観ていただけなのに。魔法だ。奇跡だ。映画が終わったあと、こんなことができた黒澤明という人の名前を、忘れることができなくなった。

私が黒澤映画に興味を持ちだしたのはこの時からである。こういう人間が次にすることは、もちろん『七人の侍』を観ることだ。

## なぜ神様はあのお兄さんを通して私に『七人の侍』をくださったのか

『七人の侍』は黒澤映画の最高傑作、日本映画の金字塔とも言われる作品である。黒澤の名前しか知らない人でも、『七人の侍』が黒澤の映画で非常に有名だということは、おそらく知っているだろう。

ヴェネチア国際映画祭で銀獅子賞を受賞してもいる。これが一番好きだという人も多いのであるが、後述するけれど私は別の作品のほうが好きである。なぜか。

なぜなら、私のせいではないとはいえ、もの凄く情けない理由なのであるが、私が初めてこの映画をビデオで観た時に、レンタルビデオショップの店員のお兄さんが、間違えたからなのである。

どういうことかというと、『七人の侍』は二百分を超える大作である。当時はＤＶＤではなくビデオだったが、一巻のビデオテープにおさまるものではなかった。そして、その店では二巻組になっていたビデオテープを、セットではなく、別々に貸していたのである。

そして「『七人の侍』借りてきて」と私に頼まれた母が、そのレンタルビデオショップに行ったところ、なぜかその店には一巻めがなく、二巻めしかなかった。

誰かが借りていたわけではなく、店自体にないという。おそらく一巻めを紛失したのであろう。

そしてその店員はきっと面倒くさかったのであろう、私の母に、

「うちに『七人の侍』はありません。続編の『七人の侍2』(注・もちろん黒澤はそんな映画は撮っていません) だけになりますけど」

と言い張った。

母も不思議がり、

「『七人の侍』に続編なんかありましたか?」

と訊いたのだが、そのお兄さんは、

「知らないんですかァ? ありますよ。ともかくうちはこれしかありませんから、借りるなら借りていってほしいんですけど」

と言って、いたいけな母をまるめこみ、『七人の侍』の二巻めだけ、つまり後半の部分だけを貸してよこしたのである。

普通だったら、これから観る映画がいきなり後半から始まったら、何か変だとすぐ分かるであろう。

しかし、そこが『七人の侍』の凄いところで、後半から観てもちゃんと話が分かったし、感心するばかりに面白かったので、最後まで気がつかなかったのである。

だから私は、この大傑作を不完全なかたちで観ることになってしまった。

そしてこの作品の醍醐味、さらには多くの黒澤映画の特色というか、強みの一つは、絶えず意外な方向に話がすすんでいくことにある。

予想外の展開の連続。それがこの映画の見どころの一つでもあるのに、私はそれをすべて知ってしまったのである。しかも、なまじ面白かったために、その驚きの一つひとつはすべて私の頭に焼きついてしまった。一生忘れることができない。

それでも数年に一度、私は『七人の侍』を観るのだが、もしあの店員が間違えた、というか嘘をつかなかったら、『七人の侍』を完全なかたちで観ていたら、どれだけ面白かったただろうか、と大変悔しい。

黒澤映画の一つに『白痴』がある。黒澤念願のドストエフスキーの小説の映画化だったが、他者の意向でこの作品は半分近くを勝手にカットされてしまった。その際、黒澤は、

「切るならフィルムをタテに切れ」と激怒したが、あのレンタルビデオショップの店員は私に同じことをしたのである。

名画を真っ二つに切り裂き、その片方だけを相手に差し出すのは、意味のあることだろうか。それはもう絵ではないのだ。断片である。

あの店員は『七人の侍』ではなく、その断片を私に渡したのだ。そして、もう取り返しがつかない。

私はその店員を今でも恨んでいる。もっとも、その店はとっくにつぶれてしまってその人もどこにいるか分からない。これは黒澤の呪いではなく、商品や客をぞんざいに扱っていたこと自体が間違っていたのだろう。

私はささやかな抵抗として、

「私へ　記憶喪失になったらこれを読んでください」

と、いざという時の自分宛ての手紙を書き、その中に「『七人の侍』を完全なかたちで観てください」と記した。でも、記憶喪失というのはもっと壮絶なものらしいので、そんな余裕などないかもしれない。

ともかく、私はあれからこつこつと黒澤映画を観るようになった。

最初少し困ったのが、初期の作品などは、どうしても創られてから時間が経っているので、一部のそういう作品は、日本語でも時々、微妙にセリフが聞きとりにくい部分があることだ。そういう場合は日本語字幕をつけると、いっぺんに解決した。

私はいつから黒澤のファンになったのであろうか。定かではないが、二十代後半に文章講座に通っていたのだけれど、先生に皆さんはどの作家が一番好きなの、と訊かれた時、私は「黒澤明です」と答えていた。

「だって黒澤は映画監督じゃないの」

と言われても、私は、はあ、と呟くだけであった。

なぜ黒澤明が好きか。

とにかく観た映画はほとんどが好きなのだが、特に好きな作品を三つ、公開された年順にあげていけば、『酔いどれ天使』（一九四八年）、『隠し砦の三悪人』（一九五八年）、『影武者』（一九八〇年）を選ぶ。

これらがそれぞれ黒澤映画の初期、中期、後期の作品に属するとしたら、乱暴であろうか。

『酔いどれ天使』は、もう少ししたら、もっと価値が出るかもしれない

ともかくまず初期の作品では『酔いどれ天使』が好きだ。

この作品から黒澤は俳優、三船敏郎を起用した。そして、黒澤と言えば三船というゴールデンコンビを組み、数々の傑作が生みだされることになる。

『酔いどれ天使』は、飲んだくれだが正義感を捨てきれない医者（志村喬）と、結核を患った闇市のやくざの青年との交流を通して戦後を描いた映画である。そのやくざの青年が三船の役だ。

それと、のちに詳しく述べるけれども、誤解を恐れずに言えば、この世で一番美しい人は三船敏郎である。

そして、私はこの映画の中の三船が、少なくとも私が観られる映像に関して言えば、生涯を通して一番美しいと思う。

三船が国際的にも注目、評価され、人気を得ることになるのはこれから数年後のことだが、私はそう思う。

どんな人にも美しい時がある。その時期は人によって違う。特に男性だ。若い頃はそうでもなかった人が、ほれぼれするような素晴らしい顔の中高年になることもあるし、美少年・美青年だった人が、年を重ねてから、違った種の美を得てますます美しくなる場合もある。

あれは、男性のほうが社会に接する機会が多いのと、その時の自分のキャリアや生活に満足しているかどうか、どんな人でも自分の人生に自信が持てているかどうかが、顔に出てくるからだろう。

ただ、個人的な意見を言えば、男性が一番美しいのは青年時代である場合が多いと思う。今は晩婚化が進んでいるから一概には言えないが、生物学的に、伴侶を見つけて独立する率が高い時期だから、何か異性にアピールするものが強く出るのではないか。

この時、三船は二十代後半だが、それまで軍隊で、長く他の世界と隔絶した生活を送っていたせいもあるのか、実年齢より若く見える。

私がこの映画を好きなのは、人類で一番美しい人の一番美しい姿が見られる、貴重な映像であるのはもちろん、いつ観ても飽きないからである。

映画自体も、のちの大傑作ほどではないかもしれないけれど、とても面白い。黒澤自身、この映画で三船を起用した際、「これでやっと俺だという映画ができた」と言っている。

分かる気がする。この作品では、黒澤が得意とした善悪の葛藤劇や映像美のうち、めりはりや迫力というものが開花していると思う。

私にとっては、全編を観ない場合でも、お気に入りのシーンを流してぼうっとしているとリラックスできる、ありがたい映画でもある。

この作品を古いだとか、よく分からないだとか言う人もいるけれど、私はそう思わない。私は昭和後期の生まれだが、この作品は戦後が舞台なので、時代劇を観ているような気分になれる。

もっとも、これは当時ではなく、もう少しあとにセットで撮られた映画なのだが、言うまでもなく黒澤はその頃を過ごした人間であるし、これを観ていると時間旅行しているような気分になれる。街並みやファッションを含めた風俗もかえって新鮮だ。

それと私は、この映画は、もう少し経ったらもっと価値が出るかもしれないと本気で思っているのだ。

最近、中途半端に古いことを「昭和な感じ」と言って、昭和時代のものや人が卑下される傾向が多少あるけれども、あれはもう少し経ったら薄れるのでは。いや、大正ロマンにファンがいるように、そのうちに昭和の風俗にも特別な価値が出るのではないか、とにらんでいる。

中途半端に古いと価値の少ないものも、手入れをよくしてねかせておくとヴィンテージやアンティークになる。

本来、時代の違いはただの違いで、それ以上でもそれ以下でもない。江戸時代と明治時代が違うのと同じだ。

大正ロマン、と言って当時の文化を愛するファンが出るのも、昭和初期には考えにくいことだったと言う人がいる。その後の人々の目には新鮮に映っても、時代が変わったばかりの頃は、ただ流行遅れのものに見える場合がある、ということなのだろう。

だからこの映画も、昭和時代の芸術や風俗も、もう少し経ったら見直されるというか、今よりもっと価値が出るかもしれない。

自分の希望的観測も入っているような気もするが、まったく的外れの意見ではないのではないか。

そういうことを念頭に置いた上で、これからの話を聞いていただけたらと思う。以下は

『酔いどれ天使』の始まりの部分と、この世で一番美しい人、三船についてである。

## この世で一番美しい人

メタンガスの泡が湧く、ゴミ捨て場と化した溜め池の前に、お世辞にも立派だとは言えない病院がある。ここで開業している中年の医者は真田（志村喬）という。

オープニングからいくつかのカットのあと、真田と一人の青年が、片手を押さえてこの病院に入ってくる。時間は夜更けだ。

その青年は、多少強面《こわもて》だと言えなくもないが、非常に美しい。なんと言うか、常人離れした美しさである。

これが三船だ。役名は松永という。前述のように彼はやくざで、闇市の顔役である。ピストルで手を撃たれたのでここに来たのだった。

初めてこのシーンを見た時、不思議な予感がしたが、それがなんなのか私にはまだ分からなかった。

真田は麻酔薬なしで松永を治療する。痛みにうめくその表情も決して軟弱ではなく、荒々しい。

治療が終わると、松永は包帯を巻いた片方の手を机の上にあげ、少し疲れたようにして座っている。暑いからだろう、ボタンを一つもはめず、シャツは羽織っただけだ。そこで松永は咳をする。

ついでに風邪薬もらっとこうか。なかなか抜けやがらねえ、と松永が言う。

すると真田は、

「お前達みてえな　自堕落な生活してる奴は　結核菌に取りつかれる率が多いから気をつけな」

と忠告する。

すると松永は立ちあがり、一瞬、胸をはだけて見事な自分の体を見せ、

「こんな肺病やみがあってたまるかよ」

と言う。そして真田に背を向け、煙草を吸う。

背後では真田がひたすらに説教をしている。肺病にかかった人というのは見るからに弱った人だとは限らない、スポーツ選手のような人にも患者はいる、肺病は痛くもかゆくもないから怖いんだとか、かなり長いセリフで、なかには時代を感じさせる言葉もあるので、あえて意訳にするが、そういうことを言っている。

それを聞く松永は不機嫌そうである。昼間の松永は髪をセットしているが、今は夜なので、洗いざらしの前髪は長く、うつむくとゆらゆらと揺れる。

彼は煙草を吸いなれているのだろう。そのしぐさは無造作であると同時に、なぜか悪徳のための瞑想にふけっている男のそれにも見える。

そこで私はやっと気がついた。

私はそれまでにいろいろなかたちで、無数の男性を見た。それは同じ学校や勤め先の人だったり、街ですれちがった人であったり、マスメディアを介して見た人であったり、仏像のかたちをしている青年であったり、外国の英雄をかたどった彫刻であったりしたが、なかにはかなり美しい人もいた。

だがこの時、そのなかの誰よりも、これから見る誰よりも、一生見ることのできないどこかにいる人よりも、今のこの人のほうが美しい、ということを、私は思ったのではなく、知ったのである。

どうしてそんなことが分かるのか。自分でも疑問だった。私が決めていいことなのか。

美とは定義のできないものである。分かっているのだが、三船のこの姿を見た時、そういう正論や、そして何よりそれを唱え続けてきた、私の理性が、吹き飛ばされてしまったのである。

詳しくは後述するが、松永を演じた三船にのみそう言うのではない。

ともかく最初、松永は真田を信じない。だが、他で診察を受けて自分が本当に結核であることを知ると、真田の病院にやってくる。

違う患者を診たあと、はい、次と真田がふりむくと、そこに松永が立っていた。

松永は診療室の入り口にもたれて立ったまま、何も言わず、すくいあげるような目でちらりと真田を見る。そして煙草をくわえながら中へ入ってくる。

おそらく、松永は真田に礼を言うつもりだったのだろう。だが、そこでまた真田は松永に説教を垂れる。それも長い。窓際の診察用のベッドに座って、松永にがみがみと小言を言い続ける。

松永は真田の椅子に座ると、少しうつむいて、無言で煙草を吸い続ける。

その表情をどう表現すればいいのか。いまいましそうでもあり、困っているようでもあり、照れているようでもあり、悲しげでもあり、怒っているようでもある。なぜか少し切なそうにも見える。

いや、たぶん、そのどれでもあるのだ。礼を述べに来たのが口やかましく叱りつけられて、言いにくくなったのだろう。しかし感謝の気持ちはある。だがうるさい。自身の病気への恐怖もある。

この間、松永のセリフはない。しかし真田の説教を聞きながら、その表情は微妙に、刻々と変化する。それは松永の内面の、入り交じる複雑な感情一つひとつを表現しているのではないか。

いずれにせよ彼は黙ったまま眉をひそめ、ふてくされ、意味もなく目の前にあるピンセットを使って煙草をつまんだりし、やるせなさそうにする。その表情のすべてが本当に美しい。私が見たことのない種の表情だ。

なぜなのか。その理由の一つは、三船が中国で生まれ育ったせいではないか。

のちに詳しく述べるが、三船は日本人だが、中国生まれである。

ただ、いろいろな逸話を聞いていると、内面は当時の日本人の男性そのもの、昔で言うところの日本男児の典型のような人だという印象を受ける。

しかし『「映画を愛した二人」黒澤明　三船敏郎』阿部嘉典著（報知新聞社）によると、この映画で三船と共演した中北千枝子は、こう言っている。

「それまでの二枚目ってひ弱な感じだったでしょう。三船さんは逆に野性味がある上にエキゾチックで表情も豊か。外地（中国・大連）で育ったせいなんでしょうね（中略）新人離れどころか、日本人離れした演技にテストの段階から魅せられました」

黒澤も、後述するが、三船は、それまでの日本映画界では類のない才能であった、と言っている。

私の知っている限り、中国人は一見淡々としているようで、何かあった時の喜怒哀楽の激しさと、その直接的な意思疎通の仕方は、隣国の人間でも日本人と大きく違う。中国は広いし、民族の数も多いから一概には言えないだろうが、その感情表現に、日本人と少なからぬ違いがあるのは確かであろう。

体や心は日本人でも、二十一歳まで日本本土に足を踏み入れたことがなかった、という三船である。自分が生まれ育った国の文化の影響をまったく受けないほうがおかしい。

それが俳優、三船敏郎の演技に多少の影響や、個性を与えたと考えるほうが自然ではないだろうか。

## 本当に俳優になる気がなかった三船敏郎と、その正義感について

三船敏郎は中国・山東省青島生まれの日本人である。誕生した日は一九二〇年四月一日。エイプリルフールに出生したことになる。

父・徳造は秋田県鳥海町の漢方医の息子、母はセンという新潟の旗本の娘であった。徳造は医者を志して上京したが、カメラに夢中になって写真師となり、それが原因で祖父と気まずくなって中国に渡った。貿易、写真業を家業とした。そこで三船家の長男として生まれたのが敏郎である。

三船はスポーツが好きであった。一家はやがて大連に移るが、ここで冬はスケート、夏は海水浴場で水泳に夢中になった。これがのちに整った顔立ちと同時に、観客を感嘆させる、見事な体躯を作るもとにもなったのだろう。

作品にもよるが、三船のあの体を見ていると、私は奈良、興福寺の金剛力士像（国宝、伝・定慶製作）の阿形、吽形を思いだす。

ただ三船は、もともと俳優になるつもりはなかった。これは本当らしい。

美男ではあったものの、普通の少年であったようだ。大連中学を出るとすぐに家業の写真館を手伝っていた。

それがどうして帰国して俳優になることになったかというと、まず、戦争で徴兵されたからである。

前述のように三船は一九二〇年生まれなのだが、一九四〇年に満州の陸軍航空隊に入隊、写真班に配属されている。一九四五年に熊本県で終戦を迎えるまでの日々を軍隊で過ごした。

つまり、若い、一番よい時期を軍隊で過ごすことになったわけである。

軍隊で過ごす日々が長くなってしまったのにはわけがあった。満期除隊というのがあったのだが、戦局が悪化したことから、三船の時からそれが中止になってしまったのだ。

これに対する不満と、生来の正義心もあって、三船上等兵は上官とよくやりあった。

陸軍時代の三船にこんなエピソードがある。前述の『「映画を愛した二人」黒澤明 三船敏郎』によると、三船と同部隊にいた鷺巣富雄（ピー・プロダクション代表）は語る（カギカッコ内は原文のまま）。

「彼の班の初年兵が他中隊の下士官にビンタをくい、さらし者になった時、〝いい加減にしろ〃と下士官にくってかかったのが三船さん」

当時、軍隊で上官に背くことは営倉入りか軍法会議ものだった。しかし三船は、「〃何だ、上等兵じゃないか〃〃それがどうした〃こんなもの関係ない」

と襟の階級章をビリッと引きちぎった。あまりの気迫に下士官が退散した。

「僕の眼底では彼が映画で演じた松永も菊千代も新出去定も実像と変わらない」

とのことだ。

三船は美しいだけでなく、正義感と勇気のある青年だったようだ。

だが、敗戦ですべてをなくした。除隊の際、軍から支給されたのは二枚の毛布だけだった。

一枚のはがきで六年間こき使われ、これが失われた青春の報酬であった。だが、怒ってみても始まらない。とにかく生活していかねばならないのだ。

## 思いがけない俳優への道

終戦後、写真の技術を生かそうと上京した彼は、東宝の撮影部の友人のところへ行った。彼は軍隊時代の三船の友人で、除隊したら俺を訪ねろ、と言ってくれていたからである。

「写真の腕を生かしてカメラマンの助手の仕事でもないか」

すると、まずは履歴書を、と言うので東宝撮影所宛てに提出した。

ところが三船は、何度も言うが大変な美男であったのだ。

陸軍航空隊時代の三船敏郎上等兵の写真が残っているが、「精悍」という言葉がこれほど似合う人は他にいるだろうか、と言いたくなるくらいの美青年である。

実際、他の兵隊（！）から、「三船さんの写真が欲しい」と言われることが少なからずあったそうである。

ともかく、その履歴書は友人らの手によって、三船の知らない間に東宝の第一期ニューフェースの応募に回されていた。

そういうわけで、東宝から呼びだされて行ってみると、俳優募集の試験であった。三船は尻込みしたが、「復員したてで、何でもいいから働いてみたい」気持ちも強く、面接と実技の試験を受けた。

しかし、三船は本人も言っているが、照れ屋であった。

「笑ってみて」と言われても、「おかしくもないのに笑えません」と答えてしまったり、怒りの演技をしろ、という課題を与えられた時に、荒れ狂ってみせたあと、ふて腐れたような態度で椅子に掛けて、勝手にしろとばかりに審査員を睨め回した。

審査員の半分はそれを不遜と取った。つまり、三船は実技の試験に失敗したわけである。本人もそれを感じたのであろう、三船は非常に反省し、こう語っている。

「僕は他人の前に出ると妙に照れて、取り繕うことの出来ない性質なので、ありのましゃべってしまった。ところが驚かせた僕の方が、家に帰ってから、食うために採用してもらいたいと思って出掛けたのにどうしてあんな態度をしてしまったのだろうか、と気になって仕方なかった」

## 黒澤はひょっとしたら、三船との出会いを美化しているかもしれない

この言葉からも分かるように、三船は、男っぽい外観と性格、ダイナミックかつ敏捷な動きを生みだすことのできる見事な体躯を持つ半面、シャイで繊細な面があった。最初から俳優になりたかったわけではない。面接でのやりとりでも失敗した。ところが一方では、思わぬことが起きていた。黒澤がそれを見ていたのである。

以下は黒澤の著書『蝦蟇の油』(岩波書店)にある黒澤の記述をもとにしたものである。黒澤はすでに将来を嘱望される映画監督であったが、他の仕事があったので、その試験に立ちあうことができなかった。しかし、昼の休みにセットから出てきてみると、高峰秀子がこう言う。

「凄いのが一人いるんだよ。でも、その男、態度が少し乱暴でね、当落すれすれってところなんだ。ちょっと、見に来てよ」

黒澤は昼食もそこそこに試験所へ行ってみたが、そのドアを開けてぎょっとした。

「若い男が荒れ狂っているのだ」

「それは、生け捕られた猛獣が暴れているような凄まじい姿で、暫く私は、立ち竦んだまま動けなかった」

審査員が不遜と思った態度も、黒澤には照れ隠しだと分かった。黒澤はその若い男——つまり三船に不思議な魅力を感じて、その日の仕事を早めに切りあげ、審査委員会の部屋を覗きに行ったのである。

三船は山本嘉次郎監督の強い推しにもかかわらず、投票の結果不合格と決まった。

しかし、ここで黒澤は、「ちょっと待ってくれ」と大声を出したという。

その時の審査委員会は、事情で映画の専門家でない人が少なからず入っていたのである。黒澤は、その人たちが俳優の審査や選考にまで口を出すのは行きすぎだ、いや、行きすぎもほどほどにしろ、と待ったをかけたのである。

俳優の素質と将来性を見きわめるには専門家の才能と経験がいる。それなのに俳優の選考に関して、専門家の一票も門外漢の一票も同じと考えるのは、宝石の鑑定は宝石商にやらせても八百屋にやらせても同じだ、と考えるに等しい。考え方を変えて投票の計算をやり直してもらいたいと黒澤は強く主張した。

「審査委員会は騒然となった」

そして審査委員長の山本が、この若い男の俳優としての素質と将来性について、監督として責任を持つと発言したので、三船は危ないところで及第したのである。

「めったに俳優には惚れない私も、三船には参った」

と黒澤は同著で語る。

三船は、それまでの日本映画界では類のない才能であった。特に表現力のスピードは抜群であった、と言う。

普通の俳優が表現に十呎《フィート》かかるものを三呎で表現する。動きのすばやさは、普通の俳優が三挙動かかるところを一挙動のように動いた。

なんでも、ずけずけずばずば表現するそのスピード感は、従来の日本の俳優にはないものであった。しかも驚くほど繊細な神経と感覚を持っていた。

「まるで、べたぼめだが、本当なのだから仕方がない」

とまで黒澤は書いている。

これらの三船の俳優としての優れた素質は本当のことであろう。ただ、これは黒澤の回想、つまり黒澤の視点による記憶である。

以下はあくまで私見として聞いていただきたいのだけれども、同時に黒澤は、映画監督として、俳優・三船敏郎という逸材に出会えた幸運に感動するあまりに、三船と出会った時の思い出を、ひょっとしたら、そしておそらくは無意識に美化しているのかもしれないと私には思われる。なぜならこういう話もあるからだ。

「男のくせに、ツラで飯を食うというのはあまり好きじゃないんです」

その後、三船はニューフェースの教室に生徒として通っていたのだが、ある時、「君、僕の映画に出ない？」

と谷口千吉監督に口説かれた。

すると三船は、

「すみませんが、僕は俳優にはなりません」

と答えた。さらに、

「男のくせに、ツラで飯を食うというのはあまり好きじゃないんです」

と言った。

それでは、なんのためにここへ来て映画の講義を聞いているんだ、と訊かれると、こう答えた。

カメラマンになりたいけれどなれなかった。だから紹介してくれた友人にも、それほど入りたいのなら、とりあえず、今ニューフェースを募集しているから、その末席に名前だけ入れておき、撮影部に空席ができしだいそこへすべりこめばいい、と言われているのだと。

谷口は、「とにかく一度試しにやってみて、駄目なら撮影部に行けばいいじゃないか」だとか、しまいには、「会社が給料をいくらよこすかわからないが、もし出演してくれたら背広を一着作ってプレゼントするよ」とまで言って説得した。敗戦後、軍隊から復員したばかりの三船は、その時、ほとんど何も持っていなかったからである。

そして、三船は谷口の映画『銀嶺の果て』でデビュー、三人組強盗の一人に抜擢され、荒々しい演技を見せ、一躍注目された。

しかし、谷口が言うには三船の抜擢にあたっては、当初、周囲からひどく反対されたそうである。

妙に顔がよく、どこで鍛えたんだ、と言いたくなるような立派な体を持つ三船のことを、誰もが、怖い、怖いと言っていたのだという。

「入社試験の時のこんな逸話もあるくらいです」と谷口は『浪漫工房』特集「三船敏郎その偉大なる愛」のインタビューで語った。

喧嘩は強いでしょうね、という問いかけに、三船は、はい、四〜五人までなら、と答えて大笑いされたのだという。

そして黒澤さえ、撮影が始まる前は、

「千ちゃん、お前バカだなぁ。君の最初の大事な作品を撮ろうとしているときに、あんなえたいの知れないヤクザみたいな男を使うなんて。途中で消えていなくなったらどうするんだ」

と、言った。

ところが撮影が始まってみると、三船は礼儀正しく、別人のようだった。

前述のインタビューで谷口が語ったところによると、『銀嶺の果て』は山岳映画である。実際に雪山へ登ってから撮影にかかる。

三船は、一番重い四貫目四個（六十キロ）の荷物を背負い、吹雪の中を先頭に立って登った。

谷口達がやっとたどり着くと、三船は待ちくたびれて寒さで震えながら待っていた。

それにしても凄い体力である。

山小屋ではベッドはただの乾燥したわらなので、体についたわらくずが小屋中に散乱する。起きると、それを三船が朝一番に掃除していた。

「私は彼を見ていて、人は見かけと違うものだなぁとつくづく思いました」

そして『銀嶺の果て』はヒットした。

すると、それまでさんざん悪口を言っていた人たちもころりと変わって三船を褒めちぎった。黒澤も、

「千ちゃんいいなぁ。貸せよなぁ」

と言って三船を持っていってしまった。そのせいで、それからしばらく谷口は三船を映画で使えなかったという。

私はこの話が好きである。同じ出来事に関して個々がそれぞれの思い出を語っている。

そして、通じる点はあっても、子細においてはめいめいの言い分が微妙に違っている。だからかえって信憑性がある。

証言には必ず食い違いがある。本人は本当のことを話しているつもりでも、それぞれの立場や気持ちによって多少の偏見と思い違いがあって当然である。

その頃、黒澤と三船が傑作を生みだすということは、本人を含めて誰も予想していなかった。それなのに二人の出会いのことを、誰もが口裏を合わせたように、あの時はこうだった、あの時はこうだった、と同じことを話していたら、それはまず嘘である。

共通しているのは、三船には俳優になるつもりがなかったが素質があったこと、いやに美男でいい体をしているので周囲に警戒されていたこと、しかし真面目な青年で繊細な一面もあったこと、などである。

その繊細さが、完璧を求めるがゆえに、時に役者に従順を求めることになった黒澤に合っていたということなのだろう。

例えば、『蜘蛛巣城』では、三船演じる鷲津《わしづ》武時《たけとき》が、無数の矢にうたれる有名なシーンがあるが、その矢の一部は、本当に射られたものだった。

最初は危険だということで、テグスを使ってやるつもりだった。ところがそれだと、矢のスピードが落ちるうえに、どうしても画面にテグスの線が映ってしまうのが分かった。そこで、テグスなしでやることになった。名人の師範が射かけるものとはいえ、自分の顔面の寸前を矢がビュウビュウと通過するのが怖くないわけがない。

だが、三船は黒澤の注文どおり、目を大きく見開いたまま、まばたきもしないで、このシーンの撮影に耐えた。

かくして名シーンがまた一つできあがったわけだが、今ではありえない話だろう。

## 理想の映画『隠し砦の三悪人』

『隠し砦の三悪人』は、個人的に、黒澤映画の中で一番好きな作品だ。

ベルリン国際映画祭で監督賞、国際映画批評家賞を受賞したこの作品は、『スター・ウォーズ』にも影響を与えた。黒澤自身、出演者との座談会で、「この作品はね、世界のいろいろな映画人の中でも、僕の作品の中で一番好きだという人が意外と多いね」と述べている。

時は戦国時代である。三船敏郎が演じる真壁六郎太という名の侍大将が仕える秋月家は、隣国と戦って負け、城も焼けた。しかし、家は絶えてはいなかった。秋月家の世継ぎはひそかに生き延びていたからである。

生き残った家臣一同は、なんとかしてその世継ぎを同盟国まで連れて行き、秋月家を立て直そうと計画する。

彼らは、その世継ぎを敵中突破させることに決めた。真壁六郎太は、世継ぎと軍資金の黄金を守る役目である。

そして、この世継ぎというのは男ではない。女である。雪姫（上原美佐）という名の、十六歳の若く美しい姫君である。

しかし、雪姫は、美しくはあるが男勝りで気丈で、時にわがままな姫であった。

雪姫は鞭を持ち歩く。鞭といっても乗馬をする際に馬に当てる、短くてまっすぐなものである。雪姫は馬を乗りこなす。

だが、その鞭は馬専用のものではない。自分にふらちな真似をする男達がいると、雪姫は妙に落ち着いた面持ちでそれを振りかざし、彼らをはねのける。

真壁六郎太はこの姫にふりまわされる。その鞭でぶたれかけたこともあった。その時は他の人間が止めたが、その鞭で肩を突かれたこともあれば、鼻先につきつけられて命令されたこともある。

なぜこの作品がこれほど好きかというと、これはひとことで言って爽快な映画である。胸のすくような逸品である。

黒澤得意の、意外な話の展開の技巧が鮮やかに冴えわたり、予想を覆された観客は、何度でもあっと言わせられる。私はこういうものが好きだ。

この話は次はこうなるだろう、と予測できるものも、見ていて安心できて、それはそれでよいものだ。しかし文芸でも映像でもなんでも、生きたものというかそれ自体に命があって、見ている人あるいは創っている人までが、その展開に目を見張る、という種のものがある。

それを見ている時、人は他のことは何も考えられない。ただ、ただ感嘆し、不思議な快感を覚えるのみだ。これはそういう映画である。

面白いのには理由があって、その一つが優れた脚本だ。

黒澤は、自分と橋本忍、小国英雄、菊島隆三の四人でこの映画の脚本を書いた。フランスのトリュフォー監督はこれを「最強の四人組」と言ってうらやんだという。

脚本を書くにあたり、黒澤は毎回、菊島ら三人に、「毎日、絶対に逃げられない関門」を設定した。

それから、その絶対に逃げられないはずの関門に突破口を考える方式でこの脚本を書きあげたのである。これは本当にうまい方法だと思う。

一人の人間の考えることにはどうしてもパターンがある。いくら優秀な人が書いても、そのうちに観客は次の展開を予想するようになるかもしれない。

だが、三人寄れば文殊の知恵、と言うが、三人の精鋭が、しかも優れた指揮官の下で知恵をしぼり、開けられないはずの突破口を次々と考えたのだから、面白くないはずはないのである。

あと、この世で一番美しい人である三船が、勇猛果敢な侍大将に扮し、武勇と知恵をもって雪姫を必死に守る姿が素晴らしい。

三船の出ている作品は黒澤映画以外も見たが、彼が演じる役で最も好きなのが、『酔いどれ天使』の松永と、この『隠し砦の三悪人』の真壁六郎太だ。

こう人に言うと、ほぼ必ず「じゃあ、その人は姫を愛していたのか」と訊かれる。

私には分からない。二人の関係はあくまで主従のように見える。

雪姫は世継ぎだ。十六歳の美しい姫君と顔を突き合わせて、旅——二人きりの旅ではないし敵中突破の道中であるが、事実上の旅だ——をしていたら、男性として何も思わないことはないのかもしれないが、こういう真面目な侍大将が、自分の仕える、滅びる寸前の家の最後の望みの、しかも世継ぎの姫君に手をつけるということはありえないだろう。昔の身分に関する感覚は今とは違う。

私はこの作品を何度も見た。例えば、祭りのシーンがある。他の人間は手を取って踊るが、何度見ても、雪姫の隣にいる真壁六郎太は、真剣な顔であたりをうかがうだけで、雪姫に触らない。

確かに、何かを匂わせるセリフやシーンはないでもないから、雪姫と真壁六郎太の関係がどうなのかという解釈は人によって異なるかもしれないが、私はこれくらいがよいと思う。想像の余地があるくらいが、かえって艶めかしいこともある。

さらには、私は明るい話が好きである。また武道を含めたアクションものが好きである。それも本格的なもの。

時代劇が好きである。それと、実はお姫様と勇敢な従者の話が大好きである。もっと欲を言えば、お姫様は大人しいよりも少しお転婆で、従者はできれば三船敏郎がいい、監督は黒澤明……と考えているうちにやっと気がついた。

なんだ、『隠し砦の三悪人』って、私の理想の映画じゃないか。そうだったのか。気がつかなかった。

それと、これは娯楽映画になるのだろう。舞台が戦国時代でも、だからよけいにさっぱりと見られるというのもあるのだろうが、ともかく大好きだ。

記憶喪失になった時に備えた自分宛ての手紙に、これも見てください、とちゃんと書いてある。

もう一回全部忘れてこれを観られたらどんなにいいだろうと、時々本気で考える。あと、言うのがちょっと恥ずかしいが、雪姫になれたら死んでもいいと思っている。

ともかく、雪姫を守ろうと駆けつける、真壁六郎太役の三船の物凄い早足や、必死な後ろ姿や、わがままを言われた時の苦々しげな顔や、「姫っ」とたしなめるさまには、『酔いどれ天使』の松永とはまったく違うようでありながら、どこか共通点がある。

それはからりとした男っぽさである。他の作品の演技でも、三船はしばしば共演者に食らい付くような荒々しさを見せたが、それは凶暴というのではなく、ましてや残酷でもなかった。

それは、動物にたとえて言えば、狩りをする際に仲間の群れの先陣をきって、まっすぐに獲物を追いつめる、精力にあふれた雄の姿である。外見も、活動力も抜きんでた優秀な雄である。

それでいて三船は、自分の美にあまり執着しない性質だったらしい。

三船のことを最も好きな男優と言った映画評論家の淀川長治によると、無名時代の三船に、「あんた俳優になるの」と訊くと、三船は照れ笑いをして、「俺、俳優になれなかったら土方になりますよ」と答えたという。

淀川がそう訊いたのは彼の素質を疑ったからではなく、端整な顔をしていて俳優志望というわりには、芸人世界から根っから離れている感じのする男だったからだ。

有名になっても、ロケから帰ると、旅先で、三船は宿の自分の帰り仕度が終わると、仲間の部屋に行って、彼らのトランクの始末まで手伝ってやるという。

そんな真似はやめなさいよ。あんたはスターじゃないの、と言うと、三船はキョトンとした顔で笑った。

「俺、手があまってるもん」

『三船敏郎さいごのサムライ』（毎日新聞社）によると、淀川は三船をこうも表現している。

「〝兄貴〟でもない〝あんちゃん〟でもない〝おとこ〟そのもの」

「珍しい大スタァ。けれど亡くなるまで私にはシロオト臭い三船だった。きれい、今でも三船の顔を私はほんとうに美しいと思う」

また三船を知る人々が口をそろえて言うのが、繊細であったことである。

本人自身がこう言っている。

「大勢の人といると気ばかり使ってるので家に帰って一人になるとぐったりしてしまう。

神経質すぎるのが僕の欠点で、もうすこしのんびりしたいと思うこともある」

黒澤も、

「これくらい神経の細かい男もいないのだがキャメラから覗くとライオンの風貌になる。僕にもその謎がつかめない」

と言った。

人の好みはそれぞれであろうが、私はそういう男性をとても魅力的だと思う。そして、前述した理由で、今までこの世に生まれた人間、今いる人間、これから人類が存在する限り、この世に生まれてくる人間のうち、一番美しい人は三船だ、としか私は言えないのである。

私はこの言葉を彼に捧げる。同じことを違う人に言うことはありえない。

ちなみにエイプリルフールに生まれたこの名優は、一九九七年のクリスマスイブに亡くなった。七十七歳だった。それは国内のみならず海外でも大きく報道され、たくさんの人を悲しませた。

## 人の心の複雑さを美しく描けた人

こうして私はさわりだけでも黒澤の作品を何本か紹介したわけだが、娯楽映画と言われるものから悲劇までさまざまだ。けれど、私がここにあげた一部だけを見ても、これらの作品には共通するものがある。

これらはすべて誰かが死ぬ話である。医者はしばしば他人の死に立ち会う。戦国時代は殺し合いの時代だ。『生きる』は主人公が死ぬ話である。

つまり、これらは限界における人間を描いた作品だと言えよう。そして黒澤は、人の心の動き、特に極限状態にある人間の心の動きを描くのがうまかったのと同時に、その作風に、一貫してさっぱりしたものがあった人物である。

骨太のヒューマニズムとよく評されるが、悲劇を撮っても、見ていて気分がめいるような陰惨さはない。どこかに希望がある。それも偽の希望でなく、真の希望だ。

安直に聞こえるのを恐れずに言えば、人間の心の美しさを描くのに長けた人だったと言えよう。

人の心が美しい、という意味ではない。私も含めて、人は美しいばかりのものではない。

なんと言うか、美しいものは美しい。これは当然である。だが、時に醜いものもまた美しい。正しくないものも美しい。

そういう風に、美しさというものは定義のできないものであるなら、人の心ほど、実は美しいものはないのかもしれない。美しくないはずなのに美しい。なぜなら、分からないからである。

少なくとも私は自分の心を知らない。知っているようで、本当はほとんど知らないのである。自分のものなのによく分からない。どう動きうるのか、時にまったく予想がつかない。これはどうしてなのであろうか。

そして黒澤は人間の心の不可思議な美しさを、暗部も含めて見事に描けた芸術家であると同時に、繰り返しになるが、その視点がどこか明るかった人である。

例えば『七人の侍』は、農民と言うか、作中の言葉で言えば百姓であるが、ある村に住む百姓達が、何度も何度も襲ってくる山賊にさんざん苦しめられたあげく、七人の侍を雇い、戦う話だ。

ここでは百姓達はひどいめに遭っているかわいそうな人々である。しかし、弱者が常に正しいとは限らない。彼らも人間である。

作中にこんな場面がある。侍達と百姓達がうちとけ、村にほのぼのした雰囲気さえ見られるようになった頃、侍は、あるきっかけで村に不似合いな武具が、それもたくさんあるのを知る。

百姓達は、お侍様、どうかどうか助けてください、と訴えた身である一方で、落ち武者狩りをしていたのである。

今は、お侍様、ありがとうございます、と崇められていても、それはたまたま彼らの事情に合っていたからで、時と場合が違っていれば、落ち目になった身を、獲物として彼らに追われ、突き殺され、身ぐるみはぎ取られていたのは自分達であったかもしれないのだ。

侍の中には、落ち武者になって竹槍に追われた経験がある者もいた。

「俺はこの村の奴らが斬りたくなった」

と彼は言う。

それを聞いて、登場人物の一人で、自分は侍だと言い張るが、本当は百姓である男、菊千代（三船敏郎）がこうぶちまける。

「やい　お前達　一体　百姓を何だと思ってたんだ　仏様とでも思ってたか　ああ？」

　と言って菊千代は笑う。

「百姓ぐらい悪ずれした生き物は　ねえんだぜ（中略）百姓ってのはな　けちんぼでずるくて　泣き虫で　意地悪で間抜けで　人殺しだあ！」

　と言って菊千代はさらに笑う。そして同時にこう訴える。

「だがな　こんなケダモノ　作りやがったのは一体　誰だ？　おめえ達だよ　侍だってんだよ（中略）一体　百姓はどうすりゃいいんだ　百姓はどうすりゃいいんだよ　くそー」

　菊千代は泣き崩れる。

　侍達の心には、自分達が傷ついても、このかわいそうな人たちを助けてやるのだという気持ちがある。そして彼らが自分達の思ったような人間でないと知って、裏切られたような気分になっていたのだろう。

　だが、侍達は同時に、自分達が百姓にかつて何をしたか忘れている。自分達が食べる作物を一生懸命作ってくれる人々を、劣った身分の人間だと思いこんでいる。戦になれば平気で彼らの田や家を焼き、食べ物を取りあげ、人夫としてこき使う。逆らえば無礼者と殺す。自分の都合ばかりだ。

これは、違う立場の人間が胸中を吐露し、意見を交わすことによって生まれる相互理解であり、平和的な活動だ。黒澤はそれを見事な映像美によって描いた。

『ゴッドファーザー』、『地獄の黙示録』などの代表作を持つアメリカの映画監督、フランシス・F・コッポラは、「映画をノーベル文学賞に加え、クロサワに授与すべき」とノーベル委員会に電報を打ったが、私もそう思う。

芸術はさまざまな種類の感動を与えうる。だから、黒澤の作品が生みだす感動のみが正しい、優れているとは限らない。

しかし、ともかく、作家というのは文章を書く人に限らないそうだ。映画監督も作家であるなら、こういうタイプの作家は他にいたであろうか。少なくとも私は知らない。

だから「あなたが一番好きな作家は」と聞かれたら、私は「黒澤明です」と答える他はないのである。

## 実生活での黒澤

あと、素晴らしい作品を数多く遺した人でも、周囲の人間に多大な迷惑をかけ続け、反省する様子がなかった、と聞くと、どうだろう、と思う。私がその立場にいて非常な迷惑をかけ続けられたら、とても困るからである。

そして実生活での黒澤は、少なくとも、私の思っていたような冷酷で傲慢な人間ではなかった。

確かに、一緒に仕事をしたら厳しい人だっただろう。それに関する話は伝説や噂を含めて枚挙にいとまがないが、それについて私は何も語る資格がない。彼と共に働いた人間ではないからである。

ただ、黒澤映画五作品に出た女優の香川京子も、『一個人』二〇一〇年四月号（KKベストセラーズ）で黒澤についてこう述べている。

「メイキングビデオを拝見すると、恐いところばかり映っているでしょう（笑）。確かに厳しい方でしたけれど、それはどの監督さんも、現場ではみなさん同じです。黒澤監督はお体も大きいけれど、とにかくスケールが大きい方なので、そうした怖いところばかりが目立ってしまったのかもしれませんね」

香川は一九五七年の『どん底』を振り出しに、六十年代の三本、『悪い奴ほどよく眠る』（一九六〇年）、『天国と地獄』（一九六三年）、『赤ひげ』（一九六五年）、それから二十八年後の黒澤の遺作『まあだだよ』（一九九三年）に出演している。

つまり、黒澤映画の前半期から晩年までを知る、数少ない女優の一人なのだ。そんな人がこう言うのである。

香川はこうも述べている。

「監督さんは、優しくて正義感が強く非常にまっすぐな方だったと思います。芝居も俳優に自分で考えさせるといった風で、頭ごなしに否定したりなさらないで、まず受け入れて、違っていれば指摘なさる。ご自分の考えにこだわらない方でした」

私の好きな言葉に、「好事門を出でず、悪事千里を行く」という言葉がある。

よい行いは世間の人に知られにくい、悪い行いは、隠してもすぐ世間に知れ渡る、という意味であるが、非常に実利的な素晴らしい言葉だと思う。

「メイキングビデオを拝見すると、恐いところばかり映っているでしょう（笑）」

という香川の言葉について再考してみたい。

映画監督が撮影の現場で厳しかったことは、悪事ではないのかもしれないが、つまり、そういう「恐い」話の方が見る人に受けるし、広がりやすいということなのである。

完璧主義者で有名な黒澤は、やはりこんなに「恐い」人なんだ――そういう映像を、撮る方も観る方も求めているのである。実は結構いい人だった、という話よりも、面白いということなのだろう。

そして今回私はこの作品を書くにあたって、黒澤に関して、よい話もそうでないかもしれない話も、信憑性のあるものから疑わしい話も読んでみた。

いろいろな話があった。ただ、こう思った。

例えば、当事者達にとっては深い事情があって、第三者がとやかく言うべきことではないのかもしれないけれど、聞いていると、なぜかやりきれない気分になる、という種の話がある。そういうたぐいの話はなかったと思う。

とても意外だったが、黒澤は寂しがり屋だったそうである。それにつきあわされて周りが困ったこともあったそうで、周りが困るなら、それはよいことではなかったのかもしれないが、一生のすべての部分をほじくりかえして、何も出てこない人間などいるだろうか。

実際、三船敏郎とも袂を分かつことになったが、黒澤が三船に筋違いの復讐をしただとか、悪口を言いふらし続けただとか、俳優としての三船の活動を妨害したという話を、まったく聞かない。

こういう話は、もしあるなら死後に少しずつ出てくるはずだが、ないようである。現に三船は三船プロダクションを立ち上げたし、黒澤と決別してからも活躍した。

ジョージ・ルーカス監督は、「映画監督としてのクロサワは天才だ。人間としてのクロサワはそばにいて実に心地よく、卓抜したユーモアを備えた善良な男性である」と述べている。

黒澤の娘で、映画衣装デザイナーの黒澤和子氏は、NHKの番組、『私と黒澤明』で、「娘から見た父は」という質問に、

「家では比較的おとなしいですけど、うん、いや、普通のお父さんですがね。うん。手はかかりますけど、結構、その、人を笑わすのが好きだったんで、まあその、現場の面白い話とか、そういうことが主でしたよね」

と語っている（注・この番組で和子氏の発言に日本語字幕はなかったので、漢字や句読

点は著者があてはめました）。

和子氏は前述の『一個人』でこうも言っている。

「晩期のあるインタビューで『なぜ、映画を撮りつづけてきたのか』と質問されたときに『人間は、なぜ幸せになろうとしないのかねってことだよね』と、たった一言話したのが今も印象に残っています。人は皆、幸せになるチャンスをたくさんもっているのに、わざわざ馬鹿なことをして幸せになろうとしないと、言いたかったのでしょうね」

また、私は前述のように事実上の自伝である『蝦蟇の油』を読んだけれど、黒澤は素朴で、骨太で、さっぱりした人だという印象を受けた。

その中で印象的な言葉がある。

自伝のようなものを書いたら、と言う人が周囲に多かったが、書く気になれなかった。しかし、諸事情と自身の心境の変化もあって書くことになった。その理由を述べたあと、黒澤はこう書いている。

「面白く読んでもらえる自信はないが、人間恥をかくのを恐れてはいけない、と常日頃後輩に云っている言葉を自分自身に云いきかせて、書き始める事にする」

自分の性格についてはいくつか記述があるが、こんな一節がある。

「どうも私の血統には、感情過多で理性不足、感じ易くてお人好しという、センチメンタルで馬鹿馬鹿しい血が流れているらしい」

そして私にとって、黒澤の言葉で一番、心に残る言葉はこれだ。

「私は正しく生きてきたのだと驕った考えの人間は怖い」

## 『影武者』

私の黒澤映画ベストスリーのうち最後にあげたいのは、『影武者』である。

甲斐の武将、武田信玄（仲代達矢）は死を予感した時、我もし死すとも三年は喪を秘し、領国の備えを固め、ゆめゆめ動くな、と言い残して歿した。その遺言に従い、信玄の死を隠すために影武者（仲代二役）が仕立てられる。

こう言うと、日本人というか、日本史を習った人なら結末の想像がつくであろう。突然の自分の死にあたって、武田家の存続のために三年は自分の死を隠せ、と信玄が言ったというのは有名な話である。しかし、そんなことは関係ない。非常に面白い。

これが後期というか黒澤晩年の作品に入るのなら、晩年の作品では私はこれが一番好きである。

だが、この影武者は、もともと仕置き場で逆さ磔にされるはずだった無頼の盗人であった。しかし、まったくの他人の空似であるのに、容貌が驚くほど信玄に似ていたため、影武者に使えるのではないか、と連れてこられたのである。

のちに影武者になる盗人が、まだ健在である信玄の前に出されるところからこの映画は始まる。

あまりに自分に似ているので、信玄本人すら驚く。けれども武田家の人々にとって、身分も劣る盗人は決して尊敬の対象ではなかった。いくら顔が似ていても、所作も風格も信玄とはまるで違う。

軽蔑と優越感を持って眺めまわされたその盗人は、あえて大声で笑い、信玄に向かって、俺は小泥棒だ、と言ったあとに、

「国を盗むために数えきれねえほど　人を殺した大泥棒に――　悪人呼ばわりされる…悪人呼ばわり…　される…　覚えはねえ」

と言う。

しかし信玄は動じない。

「この男　よくぞずけずけと申した　使えるかもしれぬ」

と言って去る。

盗人はその後ろ姿に額づく。

その後、突然に信玄は死んだ。盗人はさまざまないきさつと思いがあって、難役の影武

者になることを決意する。

だが、これは本当に難役であった。敵を欺くにはまず味方からということで、事実を知るわずかな者を除き、家臣どころか、信玄の女性や血縁関係にある者、つまり肌を触れ合わせた者まで、赤の他人であり育ちも違うこの影武者が、武田家の行く末をかけて、間近な距離から騙し通さねばならないのである。

なぜ偽者に頭を下げなくてはならないのか、と反発するものも出てくる。

自分達の家が残るか、滅びるか。つまり自分達が生きるか死ぬかの危機にあっても、武田家の人々は、一致団結はしない。

その個々の丁寧な心理描写と、例の意外な話の展開ぶりは、ひるがえる真剣のひらめきを見ているようだ。片時も目が離せない。

また、映像の美しさというのはこういうものかと、何度見ても感動する。

例えば、先ほど述べたオープニングのあとにはこんなシーンがある。

とある城の曲輪《くるわ》の石段が映る。そこには甲冑をつけた無数の武者が、日にさらされたまま横たわっている。中には血まみれのものもいるが、誰も起きる気力すらないようだ。

そこに泥だらけの、やはり甲冑をつけた武者が、横たわる彼らの間のわずかな隙間をぬって、ものすごい勢いで走ってくる。

石段は広いところもあれば狭いところもある。しかし、その武者は少しも速度を落とさず、かろうじてある足の踏み場の間々を跳ぶようにして、ひたすらに走る。

すると、死んだようにして寝ていた武者達が、吹き抜ける一陣の風にあおられ、海面に立つ波のように、駆けあがる武者に気がついて起き上がっていく。それでも武者は振り向きもしない。

そこを抜けると門がある。門前を護る二人の武者達はそろって彼に槍を向けるが、泥だらけの武者はその前でぴたりと立ち止まり、膝をついて頭を下げる。

要するに何か大変なことがあったわけだが、これは映像でなければ表現できないものだ。

私は今、このシーンを必死になって説明しようとしたが、実は、泥だらけの武者の風体も、その足運びも、背景に流れる緊迫感のある音楽も、実は少しも読者に伝えられていないと自分で分かっている。だが、この場面を何度見ても素晴らしいと思う。

私は黒澤映画のこういうところが本当に好きだ。もの凄いスピード感と躍動感、力強さの込められたシーンもあれば、ほとんど静止しているかのような静かな場面もある。それらの対比が、鮮やかなまでのめりはりを作品に与えている。

他を圧倒するような迫力がある。爽快感がある。同時に見事なきめ細かさがある。本当に素晴らしい。

そして『影武者』には、若い頃にはなかった黒澤の別の顔が見える。

## 注・この部分には、『影武者』の終盤についての記述があります

こうしてさわりだけでも黒澤映画を何本か紹介してきたわけだが、この『影武者』においては、必要上、終盤での展開にも触れたいと思う。

だから見出しにも書いたけれど、この映画をまだ観ていない人、特に武田家がその後どうなったかを知らない人は、ここを読み飛ばしてくださいますようお願いします。

ただ前述のように、日本人というか、日本史を習った人なら武田家がどうなったかは知っているであろう。

信玄は賢人であったが、息子の勝頼はそうではなかった。そんな主君に引きずられるようにして彼らは滅亡するのだ。

影武者もある時、思わぬことがきっかけで偽者であることがばれてしまう。そして武田屋形《やかた》からも出ていくことになる。

武田家の人々は、ことが露呈した際、お互いをねぎらう。

すべては私の手抜かりだ——ということを言って仲間に頭を下げる者。いやいや、思え

ば今日までよくぞしのいできた、これも皆、あなたのおかげだ、などという内容のやりとりすらある。

ところが、影武者の扱われ方は、お役御免という聞こえのよいものですらない。完全に用済みになったものに対するそれである。

影武者が武田屋形から去る日は、もの凄い雨だった。

信玄の扮装をといた軽装の影武者は、武田屋形の中ではひどく場違いで、寒そうである。

門までは、若い侍が傘をさしかけて送ってくれる。門の下に来ると若侍は、

「信廉様からじゃ　苦労をかけたとのお言葉であった」

と言って、影武者に志を渡す。その声は優しい。

信廉というのは信玄の弟である。影武者がもらったのはそれだけではなかった。たくさんの人が、影武者に志をくれた。

だが、なぜか影武者はそれを受けとろうとしない。若侍はむりやりそれを握らせると、

「では　達者で暮らせ」

と言って立ち去ろうとする。それでも影武者は外に出ようとしない。

若侍は振り返って、気の毒そうな顔を見せつつも去る。

実は、先ほどから、その背後では、これがあの偽者かと群がって見ていた者達がいた。

若侍が去ると、彼らは腹にすえかねたように影武者に駆け寄ってきて、行け、と叫ぶ。

影武者は言う。

「竹丸に会いたい　会って別れが言いたい」

竹丸というのは信玄の幼い孫で、影武者を信玄と信じつつ、とてもよくなついてくれていた可愛い子供であった。それを聞いて彼らは激怒する。

「竹丸だと？　何をぬかす　偉そうに！」

と言って、彼らは次々に石を投げつけ、影武者を追い払う。

門の外はもの凄い雨である。傘もない影武者は土砂降りにさらされ、よろけながら武田屋形から去っていく。

結局、この男は影でしかなかった。彼が亡き信玄に捧げた献身も、どんな努力も、また、この男に捧げられた敬意も、一時的に与えられた権力も、ある時が来れば、一瞬にして消え去る影であったのだ。

私はこれを観るたび、黒澤はどんな思いでこのシーンを撮ったのだろうと思う。

もちろん、私は知らない。誰も知らない。それこそ天国の黒澤の心だけが知っていることだ。

とにかく中期から後期というか晩年にいたるまでの黒澤には、長い不遇の時期があった。

三船敏郎とも袂を分かった。この間のことについて黒澤は多くを語っていない。ただ、かなり屈辱的な思いもしたようである。

一九七一年に、六十一歳だった黒澤はついに自殺をはかる。しかし、運命はまだ黒澤を殺さず、幸いに未遂で済んでいる。

その四年後、大変な苦労をして撮った『デルス・ウザーラ』が公開され、翌年にこの映画でアカデミー賞外国語映画賞を受賞し、復活を果たす。その後、撮られたのがこの『影武者』である。

黒澤の全盛期は三船と組んでいた頃の白黒映画の時代だった、という意見をよく聞くけれど、私はそうは思わない。

白黒映画時代の映画監督・黒澤明は、創る苦しみはあっても、そのキャリアは順風満帆だったと言ってよいのではないか。初めて撮った『姿三四郎』も小津安二郎の絶賛を受けた。

『七人の侍』を撮った際には、予算と撮影日数が予想を大きく超えたことで問題になったが、重役は撮ってある部分を見せられ、「あとはワン・カットも撮ってありません」と言われると、重役は会議の後に黒澤を呼び、「あとは存分に撮ってくれ」と言った。

「今まで使った金を捨てるようなことはしやしないさ、会社は。俺の映画が当たってる間は無理が通るよ。ただし、当たらなくなったら俺には敵が多いぞ」

と、当時の黒澤は言った。

若く、勢いがよく、誰にも文句をつけられない経歴を持ったこの頃の黒澤は、『影武者』を撮れただろうか。

私はこの作品の迫力ある黒澤独特の映像美に改めて感嘆すると同時に、白黒映画時代にはなかった、作品に流れる独特の虚無感と、卓越した色彩感覚を美しいと思う。

『影武者』には、何度も夕日のシーンが出てくる。それは絵画でいうところの基調であるかもしれない。しかし、その夕日の色合いは、また来る明日を感じさせる優しいものではない。そして単に暗いというのでもなく、鈍いのでもないのだ。

これは斜陽の色である。西に傾いた太陽、斜めに差す夕日の光の色、この色が武田家の将来を知らせている。

彼らの行く先はもう決まっていたのだ。ゆっくりと滅びるしかない。これが白黒では表現できなかったものでなくてなんだろうか。

玉座を追われた帝王は、屈辱を乗り越え、戻ってきた。その間に味わった苦しみ、悲しみ、屈辱を見事に昇華させた傑作ではなかったか。

いずれにせよ『影武者』は高く評価され、一九八〇年の邦画配給収入一位になり、カンヌ国際映画祭パルム・ドール（最高賞）も受賞した。

## 「会いたい人は」と訊かれたら

たまに、

「いつの時代でもいいから、有名人に会えるなら誰に会いたい？」

と訊かれることがある。そのたびに私は真剣に考えるのだが、結局、いつも「よく分からない」と答えてきた。

憧れの人、興味のある人は、歴史上の人物を含めてたくさんいる。ただ、時代や育った環境が違えば価値観も違うであろう。

また私は、性質はそんなに悪くないと言われるが、知らない人と話すのがあまり得意ではない。人間だから相性もあるはずだ。憧れの人に会って気が合わなかったり、あまりよい印象を与えなかったりしたら少しさみしい。一見、消極的なだけの意見だと思う人もいるかもしれないが私はそう思う。

だが、この作品を書いてみて分かった。私は黒澤明監督に会いたい。

ものを書いている時、私は一人だ。非常に辛い時もよい時も一人である。それはそれで実は別の大変さがあるのだけれども、気楽だというのはある。

しかし、映画監督は他人を巻きこまなければできない仕事だ。

三船についてもそうだ。自分の世界の主役を忠実に演じてくれる俳優というのは、映画監督にとって、どういう存在だったのであろうか。

もし黒澤に会えたら、素晴らしい作品をありがとうございます、と言うのと同時に、映画を撮るというのはどういう気持ちなのか、訊いてみたい。

そして、私は黒澤のほとんどの映画を、感動が薄れない程度の頻度で何度も観ているのだけれども、実は、すべての作品を観たわけではない。

そうしている限り、黒澤はまだ生きているのではと思えるからだ。

黒澤はもういない。そのことを認める気になったら、遺作の『まあだだよ』も観るであろう。でも今はまだ駄目である。こういう人もいるということを、全国の、いや世界の黒澤ファンの方々も認めてくれるのではないかと信じている。

## 〈主な参考資料〉

『弓道上達ＢＯＯＫ』森俊男監修（成美堂出版）
『弓道のすすめ』片居木栄一著（ベースボール・マガジン社）
『京都名所図絵』阿部泉著（つくばね舎）
『確実に上達する弓道』加瀬洋光・関野祐一監修（実業之日本社）
『弓道』小笠原清信著（講談社）
「蓮華王院　三十三間堂ホームページ」
『上村松園』上村松篁監修（光村推古書院）
『るるぶエジプト』（ＪＴＢパブリッシング）
『絞り染の技法』沖津文幸著（理工学社）
『カンヴァス日本の名画９　上村松園』大原富枝・馬場京子執筆（中央公論社）
『古寺巡礼　京都　37　高台寺』小堀泰巖・飯星景子著（淡交社）
『秀吉と人間関係』清水定吉・小島鋼平著（中部財界社）

『青眉抄』上村松園著（求龍堂）
『青眉抄その後』上村松園著（求龍堂）
『彩管ひとすじ』塩川京子著（求龍堂）
「圓徳院ホームページ」
『新潮日本美術文庫30　上村松園』草薙奈津子著（新潮社）
『日経ポケットギャラリー　上村松園』河北倫明監修（日本経済新聞社）
『戦国おんな史談』桑田忠親著（潮出版社）
『桑田忠親著作集7戦国の女性』桑田忠親著（秋田書店）
『虹を見る松園とその時代』加藤類子著（京都新聞社）
『戦国の女性たち16人の波乱の人生』小和田哲男編著（河出書房新社）
『もっと知りたい上村松園生涯と作品』加藤類子著（東京美術）
『上村松園画集』河北倫明・上村松篁監修（京都新聞社）
『万葉集名歌撰』園部晨之著（サンメッセ）
『蝦蟇の油』黒澤明著（岩波書店）
『黒澤明の世界』（毎日新聞社）

〈主な参考資料〉

『黒澤明　夢のあしあと』黒澤明研究会企画・編集・取材（共同通信社）
『三船敏郎　さいごのサムライ』（毎日新聞社）
『「映画を愛した二人」黒澤明　三船敏郎』阿部嘉典著（報知新聞社）
『この人を見よ！　歴史をつくった人びと伝2　黒澤明』プロジェクト新・偉人伝著（ポプラ社）
『私と黒澤明』ＮＨＫ
『世界を変える100人の日本人！』テレビ東京
『歴史秘話ヒストリア』ＮＨＫ
『一個人』二〇一〇年四月号（ＫＫベストセラーズ）
『小学館ＤＶＤ&ＢＯＯＫ黒澤明ＭＥＭＯＲＩＡＬ10　第2巻　椿三十郎』（小学館）
『生きる』『酔いどれ天使』『七人の侍』『影武者』（東宝レンタル用ＤＶＤ）

本書は、二〇一〇年十月、株式会社日本文学館から発行された文庫本
『美しい人々　人間の美しさを追う』の単行本化です。

## 著者プロフィール

**竹井 夙**（たけい とし）

立教大学文学部フランス文学科卒。ちなみに女。

二十ヵ国以上と日本全国を旅する。

『死を垣間見て「納棺夫日記」』で、日本文学館 第11回エッセイ大賞審査員特別作品賞受賞。

旅に関する情報、また美人をめざす著者の日記などが綴られたホームページ、「竹井夙のホームページ」を管理している。

http://www17.plala.or.jp/takeit/

**美しい人々** 人間の美しさを追う

2013年6月15日　初版第1刷発行

著　者　竹井 夙
発行者　瓜谷 綱延
発行所　株式会社文芸社
〒160-0022 東京都新宿区新宿1－10－1
電話 03-5369-3060（編集）
03-5369-2299（販売）

印刷所　神谷印刷株式会社


ISBN978-4-286-13878-7